collection

挚情 真知 雅意

名家作品中学生典藏版

STUDENT EDITION

FENG
JI CAI collection

冯骥才作品

冯骥才，祖籍浙江宁波，1942年生于天津，中国当代作家、画家和文化学者。现任中国文联荣誉委员、中国民协名誉主席、天津大学冯骥才文学艺术研究院院长、国家非物质文化遗产名录专家委员会主任、中国传统村落保护专家委员会主任等职。他是"伤痕文学"代表作家，其"文化反思小说"在当今文坛影响深远。作品题材广泛，形式多样，已出版各种作品集二百余种。代表作《啊！》《雕花烟斗》《高女人和她的矮丈夫》《神鞭》《三寸金莲》《珍珠鸟》《一百个人的十年》《俗世奇人》《单筒望远镜》《艺术家们》等。作品被译成英、法、德、意、日、俄、荷、西、韩、越等十余种文字，在海外出版各种译本五十余种。多次在国内外获奖。他倡导与主持的中国民间文化遗产抢救工程、传统村落保护等文化行为对当代人文中国产生巨大影响。

典藏

绿色的手杖

中学生典藏版 c 冯骥才 著

山西出版传媒集团
山西教育出版社

图书在版编目（ＣＩＰ）数据

绿色的手杖 / 冯骥才著 ；刘晓露编. —太原：山
西教育出版社，2021.5（2022.5 重印）
（冯骥才作品中学生典藏版）
ISBN 978-7-5703-1209-2

Ⅰ. ①绿… Ⅱ. ①冯… ②刘… Ⅲ. ①散文集-中国
-当代 Ⅳ. ①I267

中国版本图书馆 CIP 数据核字（2020）第 171209 号

冯骥才作品中学生典藏版·绿色的手杖

策　　划	刘晓露	
责任编辑	连建英	
复　　审	刘晓露	
终　　审	郭志强	
装帧设计	薛　菲	
印装监制	蔡　洁	

出版发行　山西出版传媒集团·山西教育出版社
　　　　　（太原市水西门街慢头巷 7 号　电话：0351-4729801　邮编：030002）
印　　装　北京长宁印刷有限公司天津分公司

开　　本　889×1194　1/32
印　　张　9
字　　数　200 千字
版　　次　2021 年 5 月第 1 版　2022 年 5 月第 5 次印刷
书　　号　ISBN　978-7-5703-1209-2
定　　价　36.00 元

如发现印装质量问题，影响阅读，请与印刷厂联系调换。电话：010-69258660

源于心中的挚爱

（编者序）

刘晓露

冯骥才先生在《我心中的文学》一文中曾写道："我写了各种各样的作品，至今不知哪一种属于我自己的。有的偏于哲理，有的侧重抒情，有的伤感，有的戏谑，我竟觉得都是自己——伤感才是我的气质？快乐才是我的化身？我是深思还是即兴的？我怎么忽而古代忽而现代？忽而异国情调忽而乡土风味？我好比瞎子摸象，这一下摸到坚实粗壮的腿，另一下摸到又大又软的耳朵，再一下摸到无比锋利的牙。哪个都像我，哪个又都不是。有人问我风格，我笑着说，这不是我关心的事。我全力要做的，是把自己的一切奉献给读者。风格不仅仅是作品的外貌，它是复杂又和谐的一个整体。"

这是冯骥才先生对于自己作品的描述，精准而生动。作为当代著名作家，他的作品体裁多样，小说、散文、随笔、评论等均有涉猎，并取得骄人的成绩；题材广泛，社会、历史、文化，以及日常生活中的小事小景，林林总总，皆可入文；风格各异，那些呈现在读者眼前的文字，随着内容的不同，时而庄重严谨，时而诙谐幽默，时而细腻清雅……不一而足，但都恰到好处。格外值得一提的是，由于冯骥才先生还是才华斐然的画家、多年来一直在为中国的文化遗产保护而奔走呼吁的学者和活动家，在他的作品中，那份天然的艺术感染力、鲜明强烈的责任感显得尤为突出。因此，笔者在选编冯骥才作品时，内心是欣喜的，因为相信。相信正在展阅此书的中学生朋友们，会从中受益良多——收获的不仅仅是阅读能力、写作水平等语文素养的提升；还有更广阔的视野、更独立的思考、更深沉的情怀，而这，也许是同学们成长中更宝贵的财富。

"冯骥才作品中学生典藏版"共两册，收录冯骥才先生的文章一百一十余篇，为《绿色的手杖》和《精神的殿堂》。

《绿色的手杖》四辑，内容分别为时光说、奇人志、大师像、讲演录。时光说，顾名思义为叙事文章，文字真挚朴实。这里有作者童年时期的有趣经历，有人生旅途中的各种况味，有温馨甜蜜的亲情时刻……那些散落在岁月烟尘中的故事，被时间赋予意义，有了悠长的韵味。奇人志，讲述身怀绝技的俗世奇人，带来的是另一番阅读感受。冯骥才先生用干脆、简练、机灵，具有中国古典文学色彩，如评书般节奏明快又接地气的语言，抖出一个个精彩纷呈的包袱，亮出一个个活灵活现的形象。奇人们性格鲜明，做派特异，有着令人瞠目的本领，无不堪称传奇般的存在。平淡的尘世因他们而增添几许缤纷。大师像，同样是写人物，风格却与奇人志截然不同。内容厚重深沉，文笔庄严优美。梵高、莫扎特、普希金、托尔斯泰、莎士比亚、安徒生……冯骥才先生怀着的虔敬的心情和饱满的情感，细细品析着这些在西方文学艺术史上熠熠生辉的名字。他们坎坷的命运、曲折的经历、杰出的成就，令人不由得百感交集，唏嘘扼腕。讲演录，选入的是冯骥才先生在抢救民间文化遗产过程中的演讲以及专为学生们做的讲座，属实用类文体，在此要特别地为中学生朋友们介绍并推荐。如何开门见山地提出观点，进而进行清晰的阐释，接着条分缕析地陈述事件经过，最后给出中肯的建议和未来的方向，甚至具体的行动步骤……这是一整套的思维训练，是同学们尤需掌握的能力——发现问题、提出问题、解决问题的能力。在今天和未来的学习与工作中，这种能力会愈显重要。而本辑中一篇篇有调查有研究、有立论有实据的文章，无疑是优秀的范文。

《精神的殿堂》五辑，内容分别为景物记、心语斋、文化观、行者吟和域外集。景物记中，大自然中那些动人的影像、奇妙的瞬间、可爱的细节，都来了。四季、天空、夕照、草木、鲜花、飞禽，它们的美丽和独特，被敏感的心捕捉，被勤奋的笔记录。心语斋里，处处是冯骥才先生对日常所见所闻的随感和漫谈。关于故乡、关于灵感、关于时光、关于绘画、关于诗歌，等等，一份体悟一缕思绪一个念头，信笔拈来，那是对生活的在意与用情。文化观，则集中收录了与文化有关的评论类文章。作为一名充满良知的知识分子，关注文化呼唤文化，是冯骥才先生自觉承担的使命。他在这方面投入了极大的精力，进行了广泛而深入的思考，因此得出很多颇具价值的观点。将之述诸笔端之际，冯骥才先生对祖国乃至整个人类文化遗产的拳拳之忧，跃然纸上。行者吟，聚焦的依然是文化，却不再用犀利的笔锋评说和针砭。那奔赴民间、走向山野、来到雪山之巅的身影……出现在舒缓从容的行文中。在这里，冯骥才先生讲述的是文化背后的故事，而故事传递出来的深意，是坚守、传承和浓浓的情意。域外集，为冯骥才先生在域外旅行、考察时的见闻和心得。他默然肃立于巴黎先贤祠前叩问精神的殿堂何在，久久徘徊在希腊的石头间探寻永恒是什么，仰望维也纳博物馆中的大师杰作沉醉于艺术的星空下……世界原本多彩，而这样的文字，展示的正是远方绚丽的风景。那些多元的历史、文化和价值观，等待着匆匆的脚步停下来，等待着开放的心灵去体察和拥抱。

依然是《我心中的文学》，冯骥才先生在谈及作家应当具备的素质时提及："……要对大千世界充满好奇心，要对千形万态事物所独具的细节异常敏感……"诚然如是。综观冯骥才先生的作品，无论风格如何迥别，但每一篇，我们都能从中看到他对世界始终如一的激情与热望，探索与求知；每一行文字，我们都能读出他对人、事、物敏锐的感知和觉察，传神的描摹与刻画。好奇心、敏感力——这是好文章诞生的前提，是好作家必备的素质，而它们的产生，一定是源于心中的挚爱。挚爱人间景致，挚爱万物风情，挚爱历史文化科学艺术，挚爱这千疮百孔又千姿百态的的世界。如果我们每一个人都怀揣满满的爱，那么，手中的妙笔同样会生出花朵，心灵亦会变得轻快而丰盈吧。

这是多么美好的事情。

愿同学们文字铿锵，人生芬芳，与美好同行。

（作者系山西教育出版社文史读物策划室主任）

CONTENTS 目录

时光说

奇人志

大师像

讲演录

时光说

　　我们在一起聊天时，不时会听到一种极轻微、悦耳又悠长的声音，一种好似发自金属里的声音。我问聂华苓这是什么声音，她说：你对声音这么敏感。她领我到阳台看，屋檐下一根细绳吊着一块圆形的木片，木片下边挂着十来根银色的钢管，每有风来，钢管轻摇，彼此相碰，遂发其声。

——《风铃》

由于有了往日的情愫，这铃声
便更加妙不可言。

——《风铃》

我最初的人生思索

　　大概是我9岁那年的晚秋，因为穿着很薄的衣服在院里跑着玩，跑得一身汗，又站在胡同口去看一个疯子，拍了风，病倒了。病得还不轻呢！面颊烧得火辣辣的，脑袋晃晃悠悠，不想吃东西，怕光，尤其受不住别人嗡嗡出声地说话……

　　妈妈就在外屋给我架一张床，床前的茶几上摆了几瓶味苦难吃的药，还有与其恰恰相反、挺好吃的甜点心和一些很大的梨。妈妈用手绢遮在灯罩上，嗯，真好！灯光细密的针芒再不来逼刺我的眼睛了，同时把一些奇形怪状的影子映在四壁上。为什么精神颓萎的人竟贪享一般地感到昏暗才舒服呢？

　　我和妈妈住的那间房有扇门通着。该入睡时，妈妈披一条薄毯来问我还难受不，想吃什么。然后，她低下身来，用她很凉的前额抵一抵我的头，那垂下来的毯边的丝穗弄得我的肩膀怪痒的。"还有点烧，谢天谢地，好多了……"她说。在半明半暗的灯光里，妈妈朦胧而温柔的脸上现出爱抚和舒心的微笑。

最后，她扶我吃了药，给我盖了被子，就回屋去睡了。只剩下我自己了。

我一时睡不着，便胡思乱想起来。总想编个故事解解闷，但脑子里乱得很，好像一团乱线，抽不出一个可以清晰地思索下去的线头。白天留下的印象搅成一团：那个疯子可笑和可怕的样子总缠着我，不想不行；还有追猫呀，大笑呀，死蜻蜓呀，然后是哥哥打我，挨骂了，呕吐了，又是挨骂；鸡蛋汤冒着热气儿……穿白大褂的那个老头，拿着一个连在耳朵上的冰凉的小铁疙瘩，一个劲儿地在我胸脯上乱摁。后来我觉得脑子完全混乱，不听使唤，便什么也不去想，渐渐感到眼皮很重，昏沉沉中，觉得茶几上几只黄色的梨特别刺眼，灯光也讨厌得很，昏暗、无聊、没用，呆呆地照着。睡觉吧，我伸手把灯闭了。

黑了！霎时间好像一切都看不见了。怎么这么安静、这么舒服呀……

跟着，月光好像刚才一直在窗外窥探，此刻从没拉严的窗帘的缝隙里钻了进来，碰在药瓶上、瓷盘上、铜门把手上，散发出淡淡发蓝的幽光。远处一家作坊的机器有节奏地响着，不一会儿也停下来了。偶尔，从很远很远的地方传来货轮的鸣笛声，声音沉闷而悠长……

灯光怎么使生活显得这么狭小，它只照亮身边；而夜，黑黑的，却顿时把天地变得如此广阔、无限深长呢？

我那个年龄并不懂得这些。思索只是简单、即时和短距离的；忧愁和烦恼还从未乘着夜静和孤独悄悄爬进我的心里。我只觉得这黑夜中的天地神秘极了，浑然一气，深不可测，浩无际涯；我呢，这么小，无依无靠，孤孤单单；这黑洞洞的世界仿佛要吞掉我似的。这时，我感到身下的床没了，屋子没了，地面也没了，四处皆空，一切都无影无踪；自己恍惚悬在天上了，躺在软绵绵的云彩上……周围那样旷阔，一片无穷无尽的透明的乌蓝色，这云也是乌蓝乌蓝的；远远近近还忽隐忽现地闪烁着星星般五光十色的亮点儿……

这天究竟有多大，它总得有个尽头呀！哪里是边？那个边的外面是什么？又有多大？再外边……难道它竟无边无际吗？相比之下，我们多么小。我们又是谁？这么活着，喘气，眨眼，我到底是谁呀！

我伸手摸摸自己的脸、鼻子、嘴唇，觉得陌生又离奇，挺怪似的……这究竟是怎么回事？

我是从哪儿来的？从前我在哪里？什么样子？我怎么成为现在这个我的？将来又怎么样？长大，像爸爸那么高，做事……再大，最后呢？老了，老了以后呢？这时我想起妈妈说过的一句话："谁都得老，都得死的。"

死？这是个多么熟悉的字眼呀！怎么以前我就从来没想过它意味着什么呢？死究竟意味着什么？像爷爷，像从前门口卖糖葫芦那个老婆婆，闭上眼，不能说话，一动不动，好似睡着了一样。可是大家哭得那么伤心。到底还是把他们埋在地下了。为什么要把他们埋起来？他们不就永远也不能说话，也不能动，永远躺在厚厚的土地下了？难道就因为他们死了吗？忽然，我感到一阵死的神秘、阴冷和可怕，觉得周身就仿佛散出凉气来。

于是，哥哥那本没皮儿的画报里脸上长毛的那个怪物出现了，跟着是白天那只死蜻蜓，随时想起来都吓人的鬼故事；跟着，胡同口的那个疯子朝我走来了……黑暗中，出现许多爷爷那样的眼睛，大大小小，紧闭着，眼皮还在鬼鬼祟祟地颤动着，好像要突然睁开，瞪起怕人的眼珠儿来……

我害怕了，已从将要入睡的懵懂中完全清醒过来了。我想——将来，我也要死的，也会被人埋在地下，这世界就不再有我了。我也就再不能像现在这样踢球呀，做游戏呀，捉蟋蟀呀，看马戏时吃那种特别酸的红果片呀……还有时去舅舅家看那个总关得严严实实的迷人的大黑柜，逗那条瘸腿狗，到那乱七八糟、杂物堆积的后院去翻找"宝贝"……而且再也不能"过年"了，那样地熬夜、拜年、放烟火、攒压岁钱；表哥把点着的鞭炮扔进鸡窝去，吓得鸡像鸟儿一样飞到半空中，乐得我喘不过气来；我们还瞒着妈妈去野坑边钓鱼，钓来一条又黄又丑的大鱼，给馋嘴的猫咪咪饱餐了一顿；下雨的晚上，和表哥躺在被窝里，看窗外打着亮闪，响着大雷……活着有多少快活的事，死了就完了。那时，表哥呢？妹妹呢？爸爸妈妈呢？他们都会死吗？他们知道吗？怎么也不害怕呀！我们能够不死吗？活着有多好！大家都好好活着，谁也不死。可是，可是不行啊……"谁都得老，都得死的。"死，这时就像拥有无限威力似的，而且严酷无情。在它面前，我那么无力，哀求也没用，大家都一样，只有顺从，听摆布，等着它最终的来临……想到这里，尤其是想到妈妈，我的心简直冷得发抖。

妈妈将来也会死吗？她比我大，会先老，先死的。她就再不能爱我了，不能像现在这样，脸挨着脸，搂我，亲我……她的笑，她的声音，她柔软而暖和的手，她整个人，在将来某一天就会一下子永远消失了吗？她会有多少话想说，却不能说，我也就永远无法听到了；她再看不见我，我的一切她也不再会知道。如果那时我有话要告诉她呢？到哪儿去找她？她也得被埋在地下吗？土地，坚硬、潮湿、冷冰冰的……我真怕极了。先是伤心、难过、流泪，而后愈想愈加心虚害怕，急得蹬起被子来。趁妈妈活着的时光，我要赶紧爱她，听她的话，不惹她生气，只做让大家和妈妈高兴的事。哪怕她还骂我，我也要爱她，快爱，多爱；我就要起来跑到她房里，紧紧搂住她……

四周黑极了，这一切太怕人了。我要拉开灯，但抓不着灯线，慌乱的手碰到茶几上的药瓶。我便失声哭叫起来："妈妈，妈妈……"

灯忽然亮了。妈妈就站在床前。她莫名其妙地看着我："怎么，做噩梦了？别怕……孩子，别怕。"

她俯身又用前额抵一抵我的头。这回她的前额不凉，反而挺热的了。"好了，烧退了。"她宽心而温柔地笑着。

刚才的恐怖感还没离开我。这是怎么回事？我茫然地望着她，有种异样的感觉。一时，我很冲动，要去拥抱她，但只微微挺起胸脯，脑袋却像灌了铅似的沉重，刚刚离开枕头，又坠倒在床上。

"做什么？你刚好，当心再着凉。"她说着便坐在我床边，紧挨着我，安静地望着我，一直在微笑，并用她暖和的手抚弄我的脸颊和头发，"你刚才是不是做噩梦了？听你喊的声音好大哪！"

"不是，……我想了……将来，不，我……"我想把刚才所想的事情告诉妈妈，但不知为什么，竟然无法说出来。是不是担心说出来，她知道后也要害怕的。那是件多么可怕的事啊！

"得了，别说了，疯了一天了，快睡吧！明天病就全好了……"

昏暗的灯光静静地照着床前的药瓶、点心和黄色的梨，照着妈妈无言而含笑的脸。她拉着我的手，我便不由得把她的手握得紧紧的……

我再不敢想那些可怕又莫解的事了。但愿世界上根本没有那种事。

栖息在邻院大树上的乌鸦不知为何缘故，含糊不清地咕嚷一阵子，又静下去了。被月光照得微明的窗帘上走过一只猫的影子。渐渐地，一切都静止了，模糊了，淡远了，融化了，变成一团无形的、流动的、软软而弥漫的烟。我不知不觉便睡着了。

一个深奥而难解的谜，从那个夜晚便悄悄留存在我的心里。后来我才知道，这是我最初在思索人生。

花　脸

██████　做孩子的时候，盼过年的心情比大人来得迫切，吃穿玩乐花样都多，还可以把拜年来的亲友塞到手心里的一小红包压岁钱都积攒起来，做个小富翁。但对于孩子们来说，过年的魅力还有更一层深在的缘故，便是我要写在这几张纸上的。

每逢年至，小闺女们闹着戴绒花、穿红袄、嘴巴涂上浓浓的胭脂团儿，男孩子们的兴趣都在鞭炮上。我则不然，最喜欢的是买个花脸戴。这是种纸浆轧制成的面具，用掺胶的彩粉画上戏里边那些有名有姓、威风十足的大花脸。后边拴根橡皮条，往头上一套，自己俨然就变成那员虎将了。这花脸是依脸形轧的，眼睛处挖两个孔，可以从里边往外看。但鼻子和嘴的地方不通气儿，一戴上，好闷，还有股臭胶和纸浆的味儿；说出话来，声音变得低粗，却有大将威武不凡的气概，神气得很。

一年年根，舅舅带我去娘娘宫前年货集市上买花脸。过年时人都分外有劲，挤在人群里好费力，终于从挂满在一条横竿上的花花绿绿几十种花脸中，惊喜地发现一个。这花脸好大，好特别！通面赤红，一双墨眉，眼角雄俊地吊起，头上边凸起一块绿包头，长巾贴脸垂下，脸下边是用马尾做的很长的胡须。这花脸与那些愣头愣脑、傻头傻脑、神头鬼脸的都不一样。虽然毫不凶恶，却有股子凛然不可侵犯的庄重之气，咄咄逼人。叫我看得直缩脖子，要是把它戴在脸上，管叫别人也吓得缩脖子。我竟不敢用手指它，只是朝它扬下巴，说："我要那个大红脸！"

卖花脸的小罗锅儿，举竿儿挑下这花脸给我，龇着黄牙笑嘻嘻说："还是这小少爷有眼力，要做关老爷！关老爷还得拿把青龙偃月刀呢！我给您挑把顶精神的！"就着从戳在地上的一捆刀枪里，抽出一柄最漂亮的大刀给我。大红漆杆，金黄刀面，刀面上嵌着几块闪闪发光的小镜片，中间画一条碧绿的小龙，还拴着一朵红缨子。这刀！这花脸！没想到一下得到两件宝贝。我高兴得只是笑，话都说不出。舅舅付了钱，坐三轮车回家时，我就戴着花脸，倚着舅舅的大棉袍执刀而立，一路引来不少人瞧我，特别是那些与我一般大的男孩子投来艳羡的目光时，使我快活至极。舅舅给我讲了许多关公的故事，过五关、斩六将，温酒斩华雄，边讲边说："你好英雄呀！"好像在说我的光荣史。当他告诉我这把青龙偃月刀重八十斤，我简直觉得自己力大无穷。舅舅还教我用京剧自报家门的腔调说："我——姓关，名羽，字云长。"

到家，人人见人人夸，妈妈似乎比我更高兴。连总是厉害地板着脸的爸爸也含笑称我"小关公"。我推开人们，跑到穿衣镜前，横刀立马地一照，呀，哪里是小关公，我是大关公哪！

这样，整个大年三十我一直戴着花脸，谁说都不肯摘，睡觉时也戴着它，还是睡着后妈妈轻轻摘下放在我枕边的，转天醒来头件事便是马上戴上，恢复我这"关老爷"的本来面貌。

大年初一，客人们陆陆续续来拜年，妈妈喊我去，好叫客人们见识见识我这关老爷。我手握大刀，摇晃着肩膀，威风地走进客厅，憋足嗓门叫道："我——姓关，名羽，字云长。"

客人们哄堂大笑，都说："好个关老爷，有你守家，保管大鬼小鬼进不来！"

我越发神气，大刀呼呼抢两圈，摆个张牙舞爪的架势，逗得客人们笑个不停。只要客人来，妈妈就喊我出场表演。妈妈还给我换上只有三十夜拜祖宗时才能穿的那件青缎金花的小袍子。我成了全家过年的主角。连爸爸对我也另眼看待了。

我下楼一向不走楼梯。我家楼梯扶手是整根的光亮的圆木。下楼时便一条腿跨上去，"哧溜"一下滑到底。这时我就故意躲在楼上，等客人来，突然由天而降，叫他们惊奇，效果会更响亮！

初一下午，来客进入客厅，妈妈一喊我，我跨上楼梯扶手飞骑而下，"呜呀呀"大叫一声闯进客厅，大刀上下一抢，谁知用力过猛，脚底没根，身子栽出去，"啪"的巨响，大刀正砍在花架上一尊插桃枝的大瓷瓶上，哗啦啦粉粉碎，只见瓷片、桃枝和瓶里的水飞向满屋，一个瓷片从二姑脸旁飞过，险些擦上了。屋内如淋急雨，所有人穿的新衣裳都是水渍。再看爸爸，他像老虎一样直望着我，哎哟，一根开花的小桃枝迎面飞去，正插在他梳得油光光的头发里。后来才知道被我打碎的是一尊祖传的乾隆官窑百蝶瓶，这简直是死罪！我坐在地上吓傻了，等候爸爸上来一顿狠狠的揪打。妈妈的神气好像比我更紧张，她一下抓不着办法救我，瞪大眼睛等待爸爸的爆发。

就在这生死关头，二姑忽然破颜而笑，拍着一双雪白的手说道：

"好呵，好呵，今年大吉大利，岁（碎）岁（碎）平安呀！哎，关老爷，干吗傻坐在地上，快起来，二姑还要看你耍大刀哪！"

谁知二姑这是使什么法术，绷紧的气势霎时就松开了。另一位姨婆马上应和说："旧的不去，新的不来，不除旧，不迎新。您等着瞧吧，今年非抱个大金娃娃不成，是吧！"她满脸欢笑朝我爸爸说，叫他应声。其他客人也一拥而上，说吉祥话，哄爸爸乐。

这些话平时根本压不住爸爸的火气，此刻竟有神奇的效力，迫使他不乐也得乐。过年乐，没灾祸。爸爸只得嘿嘿两声，点头说：

"呵，好，好，好……"

尽管他脸上的笑纹明显含着被克制的怒意，我却奇迹般地因此逃脱开一次严惩。妈妈对我丢了眼色，我立刻爬起来，拖着大刀，狼狈而逃。身后还响着客人们着意的拍手声、叫好声和笑声。

往后几天里，再有拜年的客人来，妈妈不再喊我，节目被取消了。我躲在自己屋里很少露面，那把大刀也掖在床底下，只是花脸依旧戴着，大概躲在这硬纸后边再碰到爸爸时有种安全感。每每从眼孔里望见爸爸那张阴沉含怒的脸，就不再觉得自己是关老爷，而是个可怜虫了！

过了正月十五，大年就算过去了。我因为和妹妹争吃撤下来的祭灶用的糖瓜，被爸爸抓着腰提起来，按在床上死揍了一顿。我心里清楚，他是把打碎花瓶的罪过加在这件事上一起清算，因为他盛怒时，向我要来那把惹祸的大刀，用力折成段，大花脸也撕成碎片片。

从这事，我悟到一个祖传的概念：一年之中唯有过年这几天是孩子们的自由日，在这几天里无论怎样放胆去闹，也不会立刻得到惩罚。这便是所有孩子都盼望过年深在的缘故。当然那被撕碎的花脸也提醒我，在这有限的自由里可得勒着点自己，当心事后加倍地算账。

捅马蜂窝

　　■■■■■■　爷爷的后院虽小，它除去堆放杂物，很少人去，里边的花木从不修剪，快长疯了！枝叶纠缠，阴影深浓，却是鸟儿、蝶儿、虫儿们生存和嬉戏的一片乐土，也是我儿时的乐园。我喜欢从那爬满青苔的湿漉漉的大树干上，取下一只又轻又薄的蝉衣，从土里挖出筷子粗肥大的蚯蚓，把团团飞舞的小蠓虫赶到蜘蛛网上去。那沉甸甸压弯枝条的海棠果，个个都比市场买来的大。这里，最壮观的要数爷爷窗檐下的马蜂窝了，好像倒垂的一只大莲蓬，无数金黄色的马蜂爬进爬出，飞来飞去，不知忙些什么，大概总有百十只之多，以致爷爷不敢开窗子，怕它们中间哪个冒失鬼一头闯进屋来。

　　"真该死，屋子连透透气儿也不能，哪天请人来把这马蜂窝捅下来！"奶奶总为这个马蜂窝生气。

　　"不行，要蜇死人的！"爷爷说。

　　"怎么不行？头上蒙块布，拿竹竿一捅就下来。"奶奶反驳道。

"捅不得，捅不得。"爷爷连连摇手。

我站在一旁，心里却涌出一种捅马蜂窝的强烈欲望。那多有趣！当我给这个淘气的欲望鼓动得难以抑制时，就找来妹妹，乘着爷爷午睡的当儿，悄悄溜到从走廊通往后院的小门口。我脱下褂子蒙住头顶，用扣上衣扣儿的前襟遮盖下半张脸，只需一双眼。又把两根竹竿接绑起来，作为捣毁马蜂窝的武器。我和妹妹约定好，她躲在门里，把住关口，待我捅下马蜂窝，赶紧开门放我进来，然后把门关住。

妹妹躲在门缝后边，眼瞧我这非凡而冒险的行动。我开始有些迟疑，最后还是好奇战胜了胆怯。当我的竿头触到蜂窝的一刹那，好像听到爷爷在屋内呼叫，但我已经顾不得别的，一些受惊的马蜂轰地飞起来，我赶紧用竿头顶住蜂窝使劲地摇撼两下，只听"嗵"，一个沉甸甸的东西掉下来，跟着一团黄色的飞虫腾空而起。我扔掉竿子往小门那边跑，谁料到妹妹害怕，把门在里边插上，她跑了，将我关在门外。我一回头，只见一只马蜂径直而凶猛地朝我扑来，好像一架燃料耗尽、决心相撞的战斗机。这复仇者不顾一切而拼死的气势使我惊呆了。瞬间只觉眉心像被针扎似的剧烈地一疼，挨蜇了！我下意识地用手一拍，感觉我的掌心触到它可怕的身体。我吓得大叫，不知道谁开门把我拖到屋里。当夜，我发了高烧。眉心处肿起一个枣大的疙瘩，自己都能用眼瞧见。家里人轮番用醋、酒、黄酱、万金油和凉手巾把儿，也没能使我那肿疮迅速消下来。转天请来医生，打针吃药，七八天后才渐渐复愈。这一下好不轻呢！我生病也没有过这么长时间，以致消肿后的几天里不敢到那通向后院的小走廊上去，生怕那些马蜂还守在小门口等着我。过了些天，惊恐稍定，我去爷爷的屋子，他不在，隔窗看见他站在当院里，摆手召唤我去，我大着胆子去了。爷爷手指窗根处叫我看，原来是我捅掉的那个马蜂窝，却一只马蜂也不见了，好像一只丢弃的干枯的大莲蓬头。爷爷又指了指我的脚下，一只马蜂！我惊吓得差点叫起来，慌忙跳开。

"怕什么，它早死了！"爷爷说，"这就是蜇你的那只马蜂，可能被你那一拍，拍死的。"仔细瞧，噢，原来是死的。仰面朝天躺在地上，几只黑蚂蚁在它身上爬来爬去。

"马蜂就是这样，你不惹它，它不蜇你。"爷爷说。

"那它干吗还要蜇我呢，这样它自己不也完了吗？"

"你毁了它的家——那是多大一个家呀！它当然要跟你拼命的！"爷爷说。

我听了心里暗暗吃惊。一只小虫竟有这样的激情和勇气。低头再瞧瞧那只马蜂，微风吹着它，轻轻颤动，好似活了一般。我不禁想起那天它朝我猛扑过来时那副生死不顾的架势，与毁坏它们生活的人拼出一切，真像一个英雄……我面对这壮烈牺牲的小飞虫的尸体，似乎有种罪孽感沉重地压在我的心上。

那一窝马蜂呢，被我扰得无家可归的一群呢，它们还会不会回来重建家园？我甚至想用胶水把那只空空的蜂窝粘上去。

这一年，我经常站在爷爷的后院里，始终没有等来一只马蜂。

转年开春，有两只马蜂飞到爷爷的窗檐下，落到被晒暖的木窗框上，然后还在过去的旧巢的残迹上爬了一阵子，跟着飞去而不再来。

空空又是一年。

第三年，风和日丽之时，爷爷忽叫我抬头看，隔着窗玻璃看见窗檐下几只赤黄色的马蜂忙来忙去。在这中间，我忽然看到，一个小巧的、银灰色的第一间蜂窝已经筑成了。

　　于是，我和爷爷面对面开颜而笑，笑得十分舒心。我不由得暗暗告诉自己，再不做一件伤害旁人的事了。

逛娘娘宫

一

　　那时，像我们这些生长在天津的男孩子，只要听大人们一提到娘娘宫，心里仿佛有只小手抓得怪痒痒的。尤其大年前夕，娘娘宫一带是本地的年货市场，千家万户预备过年用的什么炮儿啦、灯儿啦、画儿啦、糕儿啦等，差不多都是从那里买到的。我猜想这些东西在那里准堆成一座座花花绿绿的小山似的。我多么盼望能去娘娘宫玩一玩！但一直没人带我去，大概那时我家好歹算个富户，不便出没于这种平民百姓的集聚之地。我有个姑表哥，他爸爸早殁，妈妈有疯病，日子穷窘；他是个独眼——别看他独眼，他反而挺自在。他那仅剩下单独一只的、又小又细、用来看世界的右眼，却比我的一双黑黑的、正常的大眼睛视野更广，福气更大，行动也更自由——像什么钓鱼逮蟹、到鸟市上听说书、捅棋、买小摊上便宜又好玩的糖稀吃等等，他样样能做，我却不能。对于世上的快乐与苦恼，大人和孩子的标准往往不同。大人们是属于社会的，孩子们则属于大自然，这些话不必多说，就说我这独眼表哥吧！他不止一次去过娘娘宫，听他描绘娘娘宫的情景，看耍猴呀，抖空竹呀，逛炮市呀等，再加上他口沫横飞、扬扬得意的神气，我都真有私逃出家、随他去一趟的念头。此刻饭菜不香，糖不甜，手边的玩具顷刻变得索然无味了。我妈妈立刻猜到我的心事，笑眯眯对我说："又惦着逛娘娘宫了吧！"

说也怪，我任何心事她都知道。

二

我的妈妈是我的奶妈。

我娘生下我时，没有奶，便坐着胶皮车到估衣街的老妈店去找奶妈。我这奶妈是武清县落垡人，刚生过孩子，乡下连年闹灾荒没钱花，她就撇下自己正吃奶的孩子，下到天津卫来做奶妈。我娘一眼就瞧上了她，因为她在一群待用的奶妈中十分惹眼，个子高大，人又壮实，一双大脚，黑里透红、亮光光的一张脸，看上去"像个男人"，很健康——这些情形都是后来听大人们说的。据说她的奶很足，我今天能长成个一米九零的大汉，大概就是受了她奶汁育养之故。

她姓赵。我小名叫"大弟"。依照天津此地的习惯，人们都叫她"大弟妈"。我叫她"妈妈"。

在我依稀还记得的童年的那些往事中，不知为什么，对她的印象要算最深了。几乎一闭眼，她那样子就能穿过厚厚的岁月的浓雾，清晰地显现在眼前。她是个尖头顶、扁长的大嘴、一头又黑又密的头发的女人，每天早上都对着一面又小又圆的水银镜子，把头发放开，蓖过之后，涂上好闻的刨花油，再重新绾到后颈，卷成一个乌黑油亮、像个大烧饼似的大抓髻，外边套上黑线网；只在两鬓各留一绺头发，垂在耳前。这是河北武清那边妇女习惯的发型。她的脸可真黑，嘴唇发白，而且在脸色的对比下显得分外的白。大概这是她爱喝醋的缘故。人们都说醋吃多了，就会脸黑唇白。她可真能喝醋！每吃饭，必喝一大碗醋，有时菜也不吃，一碗饭加一碗醋，吃得又香又快。她为什么这样爱喝醋呢？有一次，我见她吃喝正香，嘴唇咂咂直响，不觉嘴里发馋，非向她要醋喝不可，她把醋碗递给我，叫我抿一小口，我却像她那样喝了一大口。天哪！真是酸死我了。从此，我一看她吃饭，听到她吮咂着唇上醋汁的声音，立即觉得两腮都收紧了。

再有，便是她上楼的脚步异乎寻常地轻快。她带着我住在三楼的顶间，每天楼上楼下不知要跑多少趟，很少歇憩，似有无穷精力。如果她下楼去拿点什么，几乎一转眼就回到楼上。直到现在，我还没有遇见过第二个人把上下楼全然不当作一回事呢。

那时，我并不常见自己的父母。他们整天忙于应酬，常常在外串门吃饭。只是在晚间回来时，偶尔招呼她把我抱下楼看看，逗逗，玩玩，再给她抱上楼。我自生来日日夜夜都是跟随着她。据说，本来她打算我断了奶，就回乡下去。但她一直没有回去，只是年年秋后回去看看，住上十天半个月就回来。每次回来都给我带一些使我醉心的东西，像装在草棍编的小笼子里的蝈蝈啦，金黄色的小葫芦啦，村上卖的花脸和用麻秸做柄的大刀啦……她一走，我就哭，整天想她；她呢？每次都是提前赶回来，好像她的家不在乡下，而在我家这里。在我那冥顽无知稚气的脑袋里，哪里想得到她留在我家，全然是为了我。

我在家排行第三，上边是两个姐姐。我却算作长子。每当我和姐姐们发生争执，她总是明显地、气啾啾地偏袒于我。有人说她"以为照看人家的长子就神气了！"或者说她这样做是"为了巴结主户"。她不以为然，我更不懂得这种家庭间无聊的闲话。我是在她怀抱里长大的。她把我当作自己亲生孩子那样疼爱，甚至溺爱；我从她身上感受到的气息反比自己的生母更为亲切。

每每夏日夜晚，她就斜卧在我身旁，脱了外边的褂子，露出一个大红布的绣着彩色的花朵和叶子的三角形兜肚儿，上端有一条银亮的链子挂在颈上。这时她便给我讲起故事来，像什么《傻子学话》《狼吃小孩》《烧火丫头杨排风》等等。这些故事不知讲了多少遍，不知为什么每听起来依然津津有味。她一边讲，一边慢慢摇着一把大蒲扇，把风儿一下一下地凉凉快快扇在我身上。伏天里，她常常这样扇一夜，直到我早晨醒来，见她眼睛困倦难张，手里攥着蒲扇，下意识地，一歪一斜地、停停住住地摇着……

如果没有下边的事，对于一个8岁的孩子，所能记下的某一个人的事情也只能这些了。但下边的事使我记得更清楚，始终忘不了。

一年的年根底下，厨房一角的灶王龛里早就点亮香烛，供上又甜又脆、粘着绿色蜡纸叶子的糖瓜。这时，大年穿戴的新装全都试过，房子也打扫过了，玻璃擦得好像都看不见了。里里外外，亮亮堂堂。大门口贴上一幅印着披甲戴盔、横眉立目的古代大将的画纸。妈妈告诉我那是"门神"，有他俩把住大门，大鬼小鬼进不来。楼里所有的门板上贴上"福"字，连垃圾箱和水缸也都贴了，不过是倒着贴的，借着"到"和"倒"的谐音，以示"福气到了"之意。这期间，楼梯底下摆一口大缸，我和姐姐偷偷掀开盖儿一看，全是白面的馒头、糖三角、豆馅包和枣卷儿，上边用大料蘸着品红色点个花儿，再有便是左邻右舍用大锅烧炖年菜的香味，不知从哪里一阵阵悄悄飞来，钻入鼻孔；还有些性急的孩子等不及大年来到，就提早放起鞭炮来。一年一度迷人的年意，使人又一次深深地又畅快地感到了。

独眼表哥来了。他刚去过娘娘宫，带来一包俗名叫"地耗子"的土烟火送给我。这种"地耗子"只要点着，就"刺刺"地满地飞转，弄不好会钻进袖筒里去。他告诉我这"地耗子"在娘娘宫的炮市上不过是寻常之物，据说那儿的鞭炮烟火至少有上百种。我听了，再也止不住要去娘娘宫一看的愿望，便去磨我的妈妈。

我推开门，谁料她正撩起衣角抹泪。她每次回乡下之前都这样抹泪，难道她要回乡下去？不对，她每次总是大秋过后才回去呀！

她一看见我，忙用手背抹干眼角，抽抽鼻子，露出笑容，说：

"大弟，我告诉你一件你高兴的事。"

"什么事？"

"明儿一早，我带你去逛娘娘宫！"

"真的？！"心里渴望的事突然来到眼前，反叫我吃惊地倒退两步，"我娘叫我去吗？"

"叫你去！"她眯着笑眼说，"我刚对你娘打了保票，保险丢不了你，你娘答应了。"

我一下子扑进她的怀抱。这怀抱里有股多么温暖、多么熟悉的气息呵！就像我家当院的几株老槐树的气味，无论在外边跑了多么久，多么远，只要一闻到它的气味，就立即感到自己回到最亲切的家中来了。

可这时，我感到有什么东西"啪、啪"落在我背上，还有一滴落在我后颈上，像大雨点儿，却是热的。我惊奇地仰起面孔，但见她泪湿满面。她哭了！她干吗要哭？我一问，她哭得更厉害了。

"孩子，妈今年不能跟你过年了。妈妈乡下有个爷儿们，你懂吗？就像你爸和你娘一样。他害了眼病，快瞎了，我得回去。明儿早晌咱去娘娘宫，后晌我就走了。"

我仿佛头一次知道她乡下还有一些与她亲近的人。

"瞎了眼，不就像独眼表哥了？"我问。

"傻孩子，要是那样，他还有一只好眼呢！就怕两眼全瞎了。妈就……"她的话说不下去了。

我也哭起来。我这次哭，比她每次回乡下前哭得都凶，好像敏感到她此去就不再来了。

我哭得那么伤心、委屈、难过，同时忽又想到明儿要去逛娘娘宫，心里又翻出一个甜甜的小浪头。谁知我此时此刻心里是股子什么滋味？

三

我们一进娘娘宫以北的宫北大街，就像两只小船被卷入来来往往的、颇有劲势的人流里，只能看见无数人的前胸和后背。我心里有点紧张，怕被挤散，才要拉紧妈妈的手，却感到自己的小手被她的大手紧紧握着了。人声嘈杂得很，各种声音分辨不清，只有小贩们富于诱惑的吆喝声，像鸟儿叫一样，一声声高出众人嗡嗡杂乱的声音之上，从大街两旁传来：

"易德元的吊钱呵，眼看要抢完了，还有五张！"

"哪位要皇历，今年的皇历可是套片精印的，整本道林纸。哎，看看节气，找个黄道吉日，家家缺不了它呵！"

"哎、哎、哎，买大枣，一口一个吃不了……"

但什么也瞧不见，人们都是前胸贴着后背，偶有人缝，便花花绿绿闪一下，逗得我眼睛发亮。忽然，迎面一人手里提着一个五彩缤纷的盒子，盒子上印着两个胖胖的人儿，笑嘻嘻挤在一起，煞是有趣，可是没等我细瞧，那人却往斜刺里去了。跟着听到一声粗鲁的喝叫："瞧着！"我便撞在一个软软的、热乎乎的、鼓鼓囊囊的东西上。原来是一个人的大肚子。这人袒敞着棉袄，肚子鼓得好大，以致我抬头看不见他的脸。这时，只听到妈妈的怨怪声：

"你这么大人，怎么瞧不见孩子呢，快，别挤着孩子呀！"

那人嘟囔几声什么。说也好笑，我几乎在他肚子下边，他怎么看得见我？这时，只觉得这人在我前面左挪右挪，大肚子热烘烘蹭着我的鼻尖，随后像一个软软的大肉桶，从我右边滑过去了。我感到一阵轻松畅快，就在这一瞬，对面又来了一个老头，把一个大金鱼灯举过头顶；这是条大鲤鱼，通身鲜红透明，尾巴翘起，伸着须，眼睛是两个亮晃晃，又圆又鼓的大金球儿……

"妈妈，你看……"我叫着。

妈妈扭头，大金鱼灯却不见了。

又是无数人的前胸和后背。

我真担心娘娘宫里也是如此，那就什么也看不见了。

"妈妈，我要看，我什么也瞧不见哪！"

"好！我抱你到上边瞧！"

妈妈说着，把我抱起来往横处挤了几步，撂在一个高高的地方。呀！我真又惊又喜，还有点傻了！好像突然给举到云端，看见了一个无法形容的、灿烂辉煌、热闹非凡的世界。我首先看到的是身前不远的地方有两根旗杆，高大无比，尖头简直碰到天。我对面是一座戏台，上边正在敲锣打鼓，唱戏的人正起劲儿地叫着，台下一片人头攒动。我再扭身一看，身后竟是一座美丽的大庙。在这中间，满是罩棚、满是小摊、满是人。各种新奇的东西和新奇的景象，一下子闯进眼帘，我好像什么也看不清了。在这之后，我才明白自己站在庙前一个石头砌的高台上……

"妈妈，妈，这就是娘娘宫吗？"我叫着。

"可不是吗？"妈妈笑眯眯地说。每逢我高兴之时，她总是这样心花怒放地笑着。她说："大弟，你能在这儿站着别动吗？妈到对面买点东西。那儿太挤，你不能去。你可千万别离开这儿。妈去去就来。"

我再三答应后，她才去。我看着她挤进一家绒花店。

这时，我才得以看清宫门前的全貌。从我们走来的宫北大街，经过这庙前，直奔宫南大街，千千万万小脑袋蠕动着，街的两旁全是店铺，张灯结彩，悬挂着五色大旗，写着"大年减价""新年连市"等字样，一直歪歪斜斜、蜿蜒地伸向锅店街那边而去，好像一条巨大的鳞光闪闪的巨蟒，在地上，慢慢摇动它笨拙的身躯，真是好看极了。我禁不住双腿一蹦一蹦，拍起手来。

"当心掉下来！"有人说着并抓住我的腰。

原来妈妈来了，她喜笑颜开，手里拿着一个方方的花纸盒，鬓上插着一朵红绒花。这花儿如此艳丽，映着她的脸，使她显得喜气洋洋，我感到她从来没有像今天这样好看。

"妈，你好看极了！"

"胡说！"妈羞笑着说，"快下来，咱们到娘娘宫里去看看。"

我随她跨进了多年梦思夜想的娘娘宫。心里还掠过一种自豪与得意之情，心想，回头我也能像独眼表哥那样对别人讲讲娘娘宫的事了。而我的姐姐们还没有我今天这种好福气呢！

庙里好热闹，楼宇一处连一处，香烟缭绕，到处是棚摊。这宫院里和外边一样，也成了年货集市。小贩、香客、游人挤成一团，各色各样的神仙图画挂满院墙，连几株老树上也挂得满满的。

一束束红蓝黄绿的气球高过人头，在些许的微风里摇颤着，仿佛要摆脱线的牵扯，飞上碧空……宫院左边是卖金鱼的，右边的摊上多卖空竹。内中有一个胖子，五十多岁，很大一顶灰兔皮帽扣在头上。四四方方一张红脸，秤砣鼻子，鼻毛全支出来，好像废井中长出的荒草。他上身穿一件紧身元黑罩衫，显出胖大结实的身形，正中一行黄布裹成的疙瘩扣，排得很密，像一条大蜈蚣爬在他当胸上。下边是肥大黑裤，青布缠腿，云字样的靴头。他挽着袖管，抖着一个脸盆大小的空竹。如此大的空竹真是世所罕见。别看他身胖，动作却不迟笨，胳膊一甩，把那奇大的空竹抖得精熟，并且顺着绳子，一忽儿滚到左胳膊上，一忽儿滚到右胳膊上，一忽儿猫腰俯背，让转动的空竹滚背而过，一忽儿又把这沉重的家伙抛上半空，然后用手里的绳子接住。这时他面色十分神气。那空竹发出的声音也如牛吼一般。他的货摊上悬着一个朱红漆牌，写着三个金字："空竹王"。旁边有行小字"乾隆老样"。摊上的空竹所贴的红签上，也都印着这些字样，并有"认清牌号，谨防假冒"八个字。他的货摊在同行中显得很阔绰，大大小小的空竹，式样不一，琳琅满目，使得左右的邻摊显得寒碜、冷落和可怜。他一边抖着空竹，一边嘴里叨叨不绝，说他的空竹是祖传的。他家历来不但精于制作，又善于表演空竹。他祖宗曾进过宫，给乾隆爷表演过，乾隆爷看得"龙颜大悦"，赐给他祖宗黄金百两、白银一千，外加黄马褂一件，据说那是他祖祖祖祖爷爷的事。后来他家有人又进宫给慈禧太后表演空竹，便是他祖祖爷的事了。祖辈的那黄马褂没有留下，却传下这只巨型的空竹……说到这儿，他把空竹用力抖两下，嘴里的话锋一转，来了生意经，开始夸耀自家空竹的种种优长，直说得嘴角溢出白沫。本来他的空竹不错，抖得也蛮好，不知为什么，这样滔滔不绝的自夸和炫耀，尤其他那股剽悍和霸气劲儿反叫人生厌。这时，他大叫一声，猛一用力，把空竹再次抛上半空，随着脑袋后仰过猛，头上那顶大兔皮帽被抛掉身后，露出一个青皮头顶，见棱见角，并汗津津冒着热气，好似一只没有上锅的青光光的蟹盖儿，大家忍不住笑了。我妈妈笑了一下，便领我到邻处小摊上，买了一个小号的空竹给我。那摊贩对妈妈十分客气，似有感激之意。妈妈为什么不买"空竹王"那里漂亮的空竹，而偏偏买这小摊上不大起眼的东西？这事一直像个谜存在我心里，直到我入了社会，经事多了，才打开这积存已久的谜。

四

大庙里的气氛真是神秘、奇异、可怖。那气氛是只有庙堂里才有的。到处黑洞洞的，到处又闪着辉煌的亮光；到处是人，到处是神。一处处庙堂，一尊尊佛像，有的像活人，有的像假人，有的逗人发笑，有的瞪眼吓人，有的莫名其妙。妈妈在我耳边轻轻告诉我，哪个是娘娘，哪个是四大门神，哪个是关帝，还有雷公、火神、疙瘩刘爷、傻哥和张仙爷。给我印象最突出的要算这张仙爷了。他身穿蓝袍，长须飘拂，张弓搭箭，斜向屋角，既威武又洒脱。妈妈告诉我，民人住宅常有天狗从烟囱钻进来，兴妖作怪，残害幼儿。张仙爷专除天狗，见了天狗钻进民宅就将弓箭射去，以保护孩童。故此，人都称他为"射天狗的张仙爷"……

在我不自觉地望着这护佑儿童们的泥神时，妈妈向一个人问了几句话，就领着我穿过两重热闹闹的小院，走到一座庙堂前。她在门口花了几个小钱买了一把香，便走进去。里边一团漆黑，烟雾弥漫，香的气味极浓。除去到处亮着的忽闪忽闪的烛火，别的什么都看不见。我才要向前迈步，妈妈忽把我拉住，我才发现眼前有几个人跪伏着，随后脑袋一抬，上身直立；跟着又俯身叩首做拜伏状。这些人身前是张条案，案上供具陈列，一尊乌黑的生铁香炉插满香，香灰撒落四边，四座烛台都快给烛油包上了……就在这时，从条案后的黑黝黝的空间里，透现出一个胖胖的、端庄的、安详的妇女的面孔。珠冠绣衣，粉面朱唇，艳美极了。缭绕的烟缕使她的面孔忽隐忽现，跳动的烛光似乎使她的表情不断变化着，忽而严肃，忽而慈爱，忽而冷峻，忽而微笑。她是谁？如何这样妄自尊崇，接受众人的叩拜？我想到这儿时，已然发现她也是一尊泥塑彩画的神像。为什么许多人要给这泥人烧香叩头呢？我拉拉妈妈的衣袖，想对她说话，她却不搭理我。我抬头看她时，只见妈妈脸上郑重又虔诚，一双眼呆呆的，散发出一种迟缓又顺从的光来。我真不懂妈妈何以做出如此怪异的神情。但不知为什么，我忽然不敢出声，不敢随意动作，一股庄重不阿的气氛牢牢束缚住我。心里升起一种从未有过的敬畏的感觉，不觉悄悄躲到妈妈的身后。

　　在条案一旁，立着一个老头，松形鹤骨，神情肃穆，穿黄袍子。我一直以为也是个泥人。此刻他却走到妈妈身前，把妈妈手里的香接过去，引烛火点着，插在香炉内。这时妈妈也像左右的人那样屈腿伏身，叩头作揖。只剩下我直僵僵地站着。这当儿，一个新发现竟使我吓得缩起脖子：原来条案后那泥神身上满是眼睛，总有几十只，只只眼睛都比鞋子还大，眼白极白，眼球乌黑，横横竖竖，好像都在瞧着我。我一惊之下，忙蹲下来，躲在妈妈背后，双手捂住了脸。后来妈妈起了身，拉着我走出这吓人的庙堂。我便问：

　　"妈妈，那泥人怎么浑身都是眼睛呀！"

　　"哎哟，别胡扯，那是千眼娘娘，专管人得眼病的。"

　　我听了依然莫解，但想到妈妈给她叩头，是为了她丈夫的病吧！我又想发问，却没问出来，因为她那满是浅细皱纹的眼皮中间似乎含着泪水。我之所以没再问她，是因为不愿意勾起她心中的烦恼和忧愁，还是怕她眼里含着的泪流出来，现在很难再回想得清楚，谁能弄清楚自己儿时的心理？

五

在宫南大街，我们又卷在喧闹的人流中。声音愈吵，人们就愈要提高嗓门，声音反倒愈响。其实如果大家都安静下来，小声讲话，便能节省许多气力，但此时、此刻、此地谁又能压抑年意在心头上猛烈的骚动？

宫南大街比宫北大街更繁华，店铺挨着店铺，罩棚连着罩棚，五行八作，无所不有。最有趣的是年画店，画儿贴满四壁，标上号码，五彩缤纷，简直看不过来。还有一家画店，在门前放着一张桌，桌面上码着几尺高的年画，有两个人，把这些画儿一样样地拿给人们看，一边还说些为了招徕主顾而逗人发笑的话，更叫人好笑的是这两个人，一般高，穿着一样的青布棉袍，戴着一样的驼色毡帽，只是一胖一瘦，一个难看，一个顺眼，很像一对说相声的。我爱看的《一百单八将》《百子闹学》《屎壳郎堆粪球》等这里都有。

由此再往南去，行人渐少，地势也见宽阔。沿街多是些小摊，更有可怜的，只在地上放一块方形的布，摆着一些吊钱、窗花、财神图、全神图、彩蛋、花糕模子、八宝糖盒等零碎小物。这些东西我早都从妈妈嘴里听到过，因此我都能认得。还有些小货车，放着日用的小百货，什么镜儿、膏儿、粉儿、油儿的。上边都横竖几根杆子，拴着女孩子们扎辫子用的彩带子，随风飘摇，很是好看；还有的竖立一棵粗粗的麻秆儿，上面插满各样的绒花，围在这小车边的多是些妇女和姑娘们。在这中间，有一个卖字的老人的表演使我入了迷。一张小木桌，桌上一块大紫石砚，一把旧笔，一捆红纸，还立着一块小木牌，写着"鬻字"。这老人瘦如干柴，穿一件土黄棉袍，皱皱巴巴，活像一棵老人参。天冷人老，他捉着一支大笔，翘起的小拇指微微颤抖。但笔道横平竖直，宛如刀切一般。四边闲着的人都怔着，没人要买。老人忽然左手也抓起一支大笔，蘸了墨，两手竟然同时写一副对联。两手写的字却各不相同。字儿虽然没有单手写得好，观者反而惊呼起来，争相购买。

看过之后，我伸手一拉妈妈：

"走！"

她却摆胳膊。

"走——"我又一拉她。

"哎，你这孩子怎么总拉人哪?！"

一个陌生的爱挑剔的女人尖厉的声音传来。我抬头一看，原来是一位矮小的黄脸女人，怀里抱着一篓鲜果。她不是妈妈！我认错人了！妈妈在哪儿？我慌忙四下一看，到处都是生人，竟然不见她了！我忙往回走。

"妈妈，妈妈……"我急急慌慌地喊，却听不见回答，只觉得自己喉咙哽咽，喊不出声来，急得要哭了。

就在这当口，忽听"大弟"一声。这声简直是肝肠欲裂、失魂落魄的呼喊。随后，从左边人群中钻出一人来，正是妈妈。她张大嘴，睁大眼，鬓边那两绺头发直条条耷拉着，显出狼狈与惊恐的神色。她一看见我，却站住了，双腿微微弯曲下来，仿佛要跌在地上。手里那绒花盒儿也捏瘪了。然后，她一下子扑上来把我紧紧抱住，仿佛从五脏里呼出一声：

"我的爷爷，你是不想叫我活了！"

这声音，我现在回想起来还那样清晰。

我终于看见了炮市，它在宫南大街横着的一条胡同里。胡同中有几十个摊儿，这摊儿简直是一个个炮堆。"双响"都是一百个盘成一盘。最大的五百个一盘，像个圆桌面一般大。单说此地人最熟悉的烟火——金人儿，就有十来种。大多是鼓脑门、穿袍挂杖的老寿星，药捻儿在脑顶上。这里的金人高可齐腰，小如拇指。这些炮摊的幌子都是用长长的竹竿挑得高高的一挂挂鞭炮。其中一个大摊，用一根杯口粗的竹竿挑着一挂雷子鞭，这挂大鞭有七八尺，下端几乎擦地，把那竹竿压成弓形。上边粘着一张红纸条，写了"足数万头"四个大字。这是我至今见到的最威风的一挂鞭。不知怎样的人家才能买得起这挂鞭。

为了防止火灾，炮市上绝对不准放炮。故此，这里反而比较清静，再加上这条胡同是南北方向，冬日的朔风呼呼吹过，顿感身凉。像我这样大小的男孩子们见了炮都会像中了魔一样，何况面对着如此壮观的鞭炮的世界，即使冻成冰棍也不肯看几眼就离开的。

"掌柜的，就给我们拿一把双响吧！"妈妈和那卖炮的说，"多少钱？"

妈妈给我买炮了。我多么高兴！

我只见她从怀里摸出一个旧手巾包，打开这包儿，又是一个小手绢包儿，手绢包里还有一个快要磨破了的毛头纸包儿，再打开，便是不多的几张票子，几枚铜币。她从这可怜巴巴的一点钱中拿出一部分，交给那卖炮的，冷风吹得她的鬓发扑扑地飘。当她把那把"双响"买来塞到我手中时，我感到这把炮像铁制的一般沉重。

"好吗？孩子！"她眯着笑眼对我说，似乎在等着我高兴的表示。

本来我应该是高兴的，此刻却是另一种硬装出来的高兴。但我看得出，我这高兴的表示使她得到了多么大的满足啊！

六

我就是这样有生以来第一次、令人难忘地逛过了娘娘宫。那天回到家，急着向娘、姐姐和家中其他人，一遍又一遍讲述在娘娘宫的见闻，直说得嘴巴酸疼，待吃过饭，精神就支撑不住，歪在床上，手里抱着妈妈给买的那把"双响"和空竹香香甜甜地睡了。懵懵懂懂间觉得有人拍我的肩头，擦眼一看，妈妈站在床前，头发梳得光光，身上穿一件平日用屁股压得平平的新蓝布衫，臂肘间挎着一个印花的土布小包袱，她的眼睛通红，好像刚哭过，此刻却眯着笑眼看我。原来她要走了！屋里的光线已经变暗了。我这一觉睡得好长啊，几乎错过了与她告别的时刻。

我扯着她的衣襟，送她到了当院。她就要去了，我心里好像塞着一团委屈似的，待她一要走，我就像大河决口一般，索性大哭出来。家里人都来劝我，一边向妈妈打手势，叫她乘机快走，妈妈却抽抽噎噎地对我说：

"妈妈给你买的'双响'呢？你拿一个来，妈妈给你放一个；崩崩邪气，过个好年……"

我拿一个"双响"给她。她把这"双响"放在地上。然后从怀里摸出一盒火柴划着火去点药捻。院里风大，火柴一着就灭，她便划着火柴，双手拢着火苗，凑上前，猫下腰去点药捻。哪知这药捻着得这么快。不知是谁叫了一声"当心！"，这话音才落，通！通！连着两响，烟腾火苗间，妈妈不及躲闪，炮就打在她脸上。她双手紧紧捂住脸。大家吓坏了，以为她炸了眼睛。她慢慢直起身，放下双手，所幸的是没炸坏眼，却把前额崩得一大块黑。我哭了起来。

妈妈拿出块帕子抹抹前额，黑烟抹净，却已鼓出一个栗子大小的硬疙瘩。家里人忙拿来"万金油"给她涂在疙瘩处，那疙瘩便愈发显得亮而明显了。妈妈眯着笑眼对我说：

"别哭，孩子，这一下，妈妈身上的晦气也给崩跑了！"

我看得出这是一种勉强的、苦味的笑。

她就这样去了。挎着那小土布包袱、顶着那栗子大小的鼓鼓的疙瘩去了。多年来，这疙瘩一直留在我心上，一想就心疼，挖也挖不掉。

她说她"过了年就回来"，但这一去就没再来。听说她丈夫瞎了双眼，她再不能出来做事了。从此，一面也不得见，音讯也渐渐寥寥。我15岁那年，正是大年三十，外边鞭炮正响得热闹，屋里却到处能闻到火药燃烧后的香味。家里人忽叫我到院里看一件东西。我打着灯笼去看，挨着院墙根放着一个荆条编的小箩筐。家里人告诉我，这是我妈妈托人从乡下捎给我的。我听了，心儿陡然地跳快了，忙打开筐盖，用灯一照，原来是个又白又肥的大猪头，两扇大耳，粗粗的鼻子，脑门上点了一个枣儿大的红点儿，可爱极了……看到这里，我不觉抬起头来，仰望着在万家灯火的辉映中反而显得黯淡了的寒空，心儿好像一下子从身上飞走，飞啊，飞啊，飞到我那遥远的乡下的老妈妈的身边，扑在她那温暖的怀中，叫着：

"妈妈，妈妈，你可好吗?"

长衫老者

　　我幼时，家对门有条胡同，又窄又长，九曲八折，望进去深邃莫测。隔街是店铺集中的闹市，过往行人都以为这胡同通向那边闹市，是条难得的近道，便一头扎进去，弯弯转转，直走到头，再一拐，迎面竟是一堵墙壁，墙内有户人家。原来这是条死胡同！好晦气！凡是走到这儿来的，都恨不得把这面堵得死死的墙蹁倒！

　　怎么办？只有认倒霉，掉头走出来。可是这么一往一返，不但没抄了近道，反而白跑了长长一段冤枉路。正像俗话说的：贪便宜者必吃亏。那时，只要看见一个人满脸丧气从胡同里走出来，哈，一准知道是撞上死胡同了！

　　走进这死胡同的，不仅仅是行人，还有一些小商小贩。为了省脚力，推车挑担蹚进来，这就热闹了。本来狭窄的道儿常常拥塞，叫车轱辘碰伤孩子的事也不时发生。没人打扫它，打扫也没用，整天土尘蓬蓬。人们气急就叫："把胡同顶头那家房子扒了！"房子扒不了，只好忍耐；忍耐久了，渐渐习惯。就这样，乱乱哄哄，好像它天经地义就该如此。

一天，来了一位老者，个子矮小，干净爽利，一件灰布长衫，红颜白须，目光清朗，胳肢窝夹个小布包包，看样子像教书先生。他走进胡同，一直往里，可过不久就返回来。嘿，又是一个撞上死胡同的！

这位长衫老者却不同常人。他走出来时，面无懊丧，而是目光闪闪，似在思索，然后站在胡同口，向左右两边光秃秃的墙壁望了望，跟着蹲下身，打开那布包，包里面有铜墨盒、毛笔、书纸和一个圆圆的带盖的小饭盆。他取笔展纸，写了端端正正、清清楚楚四个大字："此路不通"。又从小盆里捏出几颗饭粒，代做糨糊，把这张纸贴在胡同口的墙壁上，看了两眼便飘然而去。

咦，谁料到这张纸一出，立刻出现奇迹。过路人若要抄近道扎进胡同，一见纸上的字，就转身走掉；小商贩们即使不识字，见这里进出人少，疑惑是死胡同，自然不敢贸然进去。胡同陡然清静多了。过些日子，这纸条给风吹雨打，残破了，胡同里的住家便想到用一块木板，仿照这四个字写在上边，牢牢钉在墙上，这样就长久地保留下来。

胡同自此大变样子。

它出现了从来没见过的情景：有人打扫，有人种花，有孩童玩耍，鸟雀也敢在地面上站一站。逢到一夜大雪过后，犹如一条蜿蜒洁白的带子，渐渐才给早起散步的老人们，踩上一串深深的雪窝窝。这些饱受市井喧嚣的人家，开始享受起幽居的静谧和安宁来了。

　　于是，我挺奇怪，本来这么简单的一举，为什么许多年里不曾有人想到？我因此愈加敬重那矮小、不知姓名、肯思索、更肯动手来做的长衫老者了……

小雨入端午

今日进入端午假日，醒来很早，起身坐在我的"心居"，身闲气舒，意定神足。我这心居，不是斋号，乃是在阳台一角搭个棚屋，屋里屋外栽些花草藤蔓，屋间放置老家的绿茶、好吃的零食、有弹性的藤椅和心爱的木狮铁佛陶罐石砚等。这是一己的私人角落。平日在外边跑累了，回来坐在这里聚聚气力，抑或有什么未了的思考，便到这里舒展一下脑袋里的翅膀。

今日，我特意在那个木雕花架上挂了几件艳丽五彩的小物件——丝线粽子。这种端午特有的吉祥小品，给花架上青翠又蓬松的蜈蚣草一衬，端午的气息油然而生。其实，过这种古老的节日，不必太刻意表达什么深刻的精神内涵，随性而自然地享受一下传统情味就是了。

小雨从昨晚就来到我的城市里，此刻依旧未走。雨太小，看不到零零落落的雨点，却见屋外边绿叶被雨点敲得一动一动。

眼瞧着这优美地悬垂着的丝线粽子，悠悠地想起一件相关的老事：

念小学的时候，每逢端午佳节，都是班上同学们缠丝线粽子的一次热潮。大家先用硬纸叠成小小的粽子壳，然后使五彩丝线一道道缠起来，缠的过程中不断改变颜色，最后缠成一个个五彩纷呈却各不相同的小粽子来。这原本是课堂上老师教的一种节日手工，由于大家喜爱，课间休息时也缠，下课后不回家还缠。丝线粽子最大的魅力是，颜色完全任由自己搭配，所以每个人都想缠出一个特别又好看的丝线粽子，向别人显摆。于是，弄得教室满地都是彩色线头，做卫生可就费劲了，那些花花绿绿的小线头一扫全绕在扫帚上，得使好大劲才能摘干净。

缠粽子的丝线都是同学们从家里带来的。那时代母亲们在家都做针线，各色丝线家家都有，关键看谁配色好，想法出奇。

我的班上有一个女生，叫徐又芳——那时的孩子名字都是三个字，大概与家族的字辈有关。记得她个子高，短发，衣着很旧，据说她家里穷，家里没有好看的丝线，就从地上拾别人扔的线头来缠；可是她心细手巧，虽然拾的线头很短，但缠出的粽子反而色彩十分复杂和丰富，斑斓又精细，超过了所有的人。我向她借一个拿回家给母亲看，母亲也连连称赞说，这种缠法要每缠一道线换一个颜色，太难了。我说她的线都很短，只能缠一道，因为她的线是从地上拾的。母亲说：这孩子太可怜了，便用一个木线轴缠了各色的丝线，叫我带给她。

要命的是那时我太不懂事。丰子恺说："孩子的目光是直线的。"其实孩子的一切都是直线的。转天我到班上，把线轴给她，真心对她说:"我母亲说你太可怜了,叫我把这线给你。"

我以为她会高兴,谁料她脸色立刻变得很不好看,只说一句:"我不要!"似乎很生气,转身就走,从此便不大搭理我了,一直到小学毕业各自东西;以后再没有见到她。这个带着对我的误解却无法接受我歉意的女孩如今在哪里?

我当时不明白她何以会那样气愤,后来明白了:

别人的自尊是决不能伤害的。

哪怕是不经意的伤害。伤人自尊,那会是一种很深的伤害。

这事过了差不多六十年。虽然平时不会记起,但每逢端午悬挂丝线粽子时都会想起来。原来它深深地记在我的端午的情结里,一年一度提醒着我。写到此处,小雨似停,天光渐明,外边的朱花碧草像洗过澡一样鲜亮。

白沟大将

　　孩童时候，在那些走街串巷、形形色色的小贩中，我最喜欢的是"换小金鱼"的。

　　这种小贩的吆喝是"破瓶破罐，换小金鱼的来哟……"。就这一句吆喝，把他的买卖的内容与方式全都明明白白喊出来了。这种小贩都是挑一个扁担挑儿。扁担后端是筐，里边全是破瓶烂罐；前端是个木盆，木盆中间用木板分成几个格子，放着品种和大小不同的彩色的小金鱼，还有活灵灵的蝌蚪，好似墨写的逗号在水中乱跑。你若想得到几条美丽的小鱼并不难，只要从家里翻出一些没用的瓶瓶罐罐，就可以从他这里换到。他不要钱，只换东西，这是古代乡村集市所采用的"以物易物"的买卖方式。可是这种方式对我那个年龄的孩子来说，再容易不过，不用向大人讨钱。小贩也很省事，拿着这些瓶瓶罐罐去到废品收购站立即可以换成现钱。古人这种"以物易物"的方式真是简便，明明白白，也少欺骗。

在与这种小贩换金鱼时，往往还会有意外的收获。如果你从家里找来的瓶子大、罐子好，他不但会从木盆里给你挑一对大红色、泡眼的龙睛鱼，还会从持包里掏出一个泥人送给你。我特别喜欢这种泥人！多是武将，个儿不大，却威风八面。粉底彩绘，鲜明夺目，虽然只有红黄绿三色，却如同浑身锦绣；黑墨开脸，立目横眉，背插旌旗，执刀而立，叫那时的我感受到一种令人钦仰的英气。尤其这泥人下端有一节苇哨，用嘴一吹，好似这员大将忽然大声叫喊起来。

我不知自己曾经有过多少这种泥人。几十年中，多次搬家，我虽然没有刻意去保存它，在我的书房里却总有一两个泥彩大将，带着一种儿时的感觉和特殊的简朴又单纯的美感，立在框里或书架上。后来，才知道这泥人出自河北省的白沟。在民艺学家那里，这泥人叫作白沟泥玩具，而且因为风情独具，名气不小。

我一直想去白沟看看那里泥人的制作，很久之后才有了机会。20世纪90年代初我去河北省武强了解年画，绕道去了一趟白沟。这期间，白沟已成了北方小商品的集散地市场，很像后来的义乌。谁知到了那里一问，居然没人知道白沟泥玩具。在那些超大的商品市场里，塑料玩具、电玩具、机械玩具很多，丝毫寻不到白沟泥玩具的影子。后来在一个茶摊上，问到一位当地的老爷子。他知道这东西，但他说："先前是有，多少年不见了。那东西只是块泥巴，抹点颜色，不赚钱的事谁还干？"

白沟的东西在白沟都不当回事，天下还会有几个人去保存呢？

大地震给我留下了什么?

在我私人的藏品中,有一个发黄而旧黯的信封,里面装着十几张大地震后废墟的照片,那曾是我天津的"家";还有一页大地震当天的日历,薄薄的白纸上印着漆黑的字:1976 年 7 月 28 日。后边我再说这页日历和那些照片是怎么来的。现在只想说,每次打开这信封,我的心都会变得异样。

变得怎么异样?是过于沉重吗?是曾经的一种绝望又袭上心头吗?记得一位朋友知道我地震中家屋覆灭的经历,便问我:"你有没有想到过死?哪怕一闪念?"我看了他一眼。显然这位朋友没有经过大地震——这种突然的大难降临。

如果说绝望,那只是地震猛烈地摇晃 40 秒钟的时间里。这次大地震的时间实在太长了。后来我楼下的邻居说,整个地动山摇的过程中我一直在喊,叫得很惨,像是在嚎,但我不知道自己在叫。

当时由于天气闷热,我睡在阁楼的地板上。在我被突如其来的狂跳的地面猛烈弹起的一瞬，完全出于本能扑向睡在小铁床上的儿子。我刚刚把儿子拉起来，小铁床的上半部就被一堆塌落的砖块压下去。如果我的动作慢一点，后果不堪设想。我紧抱着儿子，试图翻过身把他压在身下，但已经没有可能。小铁床像大风大浪中的小船那般癫狂。屋顶老朽的木架发出嘎吱嘎吱可怕的巨响，顶上的砖瓦大雨一般落入屋中。我亲眼看见北边的山墙连同窗户像一面大帆飞落到深深的后胡同里。闪电般的光照亮我房后那片老楼，它们全在狂抖，冒着烟土，声音震耳欲聋。然而，大地发疯似的摇晃不停，好像根本停不下来了。我感到我的楼房马上要塌掉。睡在过道上的妻子此刻不知在哪里，我听不到她的呼叫。我感到儿子的双手死死地抓着我的肩背。那一刻，我感到了末日。

这时，大地的晃动戛然而止，好像列车的急刹车。这一瞬的感觉极其奇妙，恐怖的一切突然消失，整个世界特别漆黑而且没有声音。我赶紧踹开盖在腿上的砖块跳下床，呼喊妻子。我听到了她的应答。原来她就在房门的门框下，趴在那里，门框保护了她。我忽然感到浑身热血沸腾，就像从地狱里逃出来，第一次强烈地充满再生的快感和求生的渴望。我大声叫着："快逃出去！"我怕地震再次袭来！

过道的楼顶已经塌下来。楼梯被柁架、檩木和乱砖塞住。我们拼力扒开一个出口，像老鼠那样钻出去，并迅速逃出这座只要再一震就可能垮掉的老楼。待跑出胡同，看到黑乎乎的街上全是惊魂未定而到处乱跑的人。许多人半裸着。他们也都是从死神手缝里侥幸的生还者。我抱着儿子，与妻子跑到街口一个开阔地，看看四周没有高楼和电线杆，比较安全，便从一家副食店门口拉来一个菜筐，反扣过来，叫妻儿坐在上边，说："你们千万别走开，我去看看咱们两家的人。"

我跑回家去找自行车。邻居见我没有外裤，便给我一条带背带的工作裤。我腿长，裤子太短，两条腿露在外边。这时候什么也顾不得了，活着就是一切。我跨上车，去看父母与岳父岳母。车子拐到后街上，才知道这次地震的凶险厉害。窄窄的街面已经被地震扭曲变形，波浪般一起一伏，一些树木和电线杆横在街上，仿佛刚遭遇炮火的轰击。通电全部中断，街两边漆黑的楼里发着呼叫。多亏昨晚我睡觉前没有摘下手表，抬起手腕看看表，大约是凌晨四时半。

幸好父母与岳父岳母都住在一楼，房子没坏，人都平安，他们都已经逃到比较宽阔的街上。待安顿好长辈，回到家时，已是清晨。见到妻子才彼此发现，我们的脸和胳膊全是黑的。原来地震时从屋顶落下来的陈年的灰尘，全落在脸上和身上。我将妻儿先送到一位朋友家。这家的主妇是妻子小学时的老师，与我们关系甚好。这便又急匆匆跨上车，去看我的朋友们。

从清晨直到下午四时，一连去了十六家。都是平日要好的朋友。在"文化大革命"那种清贫和苍白的日子，朋友是最重要的心灵财富了。此时相互看望，目的很简单，就是看人出没出事，只要人平安，谢天谢地，打个照面转身便走。我的朋友们都还算幸运，只有一位画画的朋友后腰被砸伤，其他人全都逃过这一劫。一路上，看到不少尸首身上盖一块被单停放在道边，我已经搞不清自己到底是怎样还活在这世上的。中午骑车在道上，我被一些穿白大褂的人拦住，他们是来自医院的志愿者，正忙着在街头设立救护站。经他们告我，才知道自己的双腿都被砸伤。有的地方还在淌血。护士给我消毒后涂上紫药水，双腿花花的，看上去很像个挂了彩的伤员。这样，在路上再遇到的朋友和熟人，得知我的家已经完了，都毫不犹豫地从口袋掏出钱来。若是不要是不可能的！他们硬把钱塞到我借穿的那件工作服胸前的小口袋里。那时的人钱很少，有的一两块，多的三五块。我的朋友多，胸前的钱塞得愈来愈鼓。大地震后这天奇热，跑了一天，满身的汗，下午回来时塞在口袋里的钱便紧紧粘成一个硬邦邦拳头大的球儿。掏出来掰开，和妻子数一数，竟是71元，整个"文化大革命"十年我从来没有这么巨大的收入。我被深深地打动！当时谁给了我几块钱，我都记得清清楚楚；现在事过三十年，已经记不清是哪些人，还有那些名字，却记得人间真正的财富是什么，而且知道这财富藏在哪里，究竟什么时候它才会出现。

画家尼玛泽仁曾经对我说：在西藏那块土地上，人生存起来太艰难了。它贫瘠、缺氧、闭塞。但藏民靠着什么坚韧地活下来的呢，靠着一种精神，靠着信仰与心灵。个人对信念的恪守和彼此间心灵的抚慰。

大地震把人们无情地推向深渊的极致。然而，支撑着我们生活下来的，不正是一种对春天回归的向往、求生的本能以及人间相互的扶持与慰藉吗？在我本人几十年种种困苦与艰难中，不是总有一只又一只热乎乎的、有力的手不期而至伸到眼前？

我相信，真正的冰冷在世上，真正的温暖在人间。

大地震后的第三天，我鼓起勇气，冒着频频不绝的余震，爬上我家那座危楼。我惊奇地发现，隔壁巨大而沉重的烟囱竟在我的屋子中央，它到底是怎样飞进来的？然而我首先要做的，不是找寻衣物。此刻，我只是举着一台借来的海鸥牌相机，把所有真实的景象全部记录下来。此时，忽见一堵残墙上还垂挂着一本日历。日历那页正是地震的日子。我把它扯下来，一直珍存到今天。

　　我要留住这一天。人生有些日子要设法留住的。因为在这种日子里，总是在失去很多东西的同时，得到的却更多——关键是我们是否能够看到。如果看到了它，就会被它更正对人生的看法并因之受益一生。

流血的双鹰

我书房外连廊两个相对屋角的上方，各有一只苍鹰的标本。双鹰姿态相异，神情却彼此凝视。每每看到它们，我的心理有点复杂。

20世纪80年代中期，我的小说读者很多，一位由齐齐哈尔通往关内长途列车的车长小洪，不仅是我热心的读者，还是他那边一对热爱文学的青年情侣与我中间的联系人。那对情侣是猎手，枪法极好，狩猎为生，终日出没于大兴安岭的群山之中。他们有时一连多日住在山上，有时会烦闷，常带些小说看，我的书便是他们的精神食粮。我不曾与他们见过面。他们经常托小洪途经天津时，向我讨书，还捎点野味给我。这些"野味"通常都是带着皮毛的飞禽走兽，身上还有被猎枪击中后的血迹，有点吓人。我对这些猎物大多不知其名，但它们的羽毛大多十分美丽。我有一个朋友在自然博物馆专事动物标本的制作，从他口中得知这些动物的称呼。这叫野雉、松鸡，那叫飞龙、雪兔，等等。一次，他说：你这只野雉很漂亮，羽毛颜色如此丰富十分少见，我拿去给你做个标本吧。他拿去两个月后送来。好像把一只活生生、五光十色的雉鸡放在我书桌上，美艳夺目，神态生动，叫我惊喜，当然我也被这朋友制作标本的技艺征服了。这便促使我对小洪说："别再送什么'野味'给我了，我也吃不习惯，如果打到什么好看或奇特的鸟儿，给我留一只就行了。"

我有了用珍禽异兽来装点自己房间的兴趣。说实话，那时完全没有动物保护意识。

几个月后天凉时，小洪打电话给我，说那对青年猎人打到一只大雕，当地叫"坐山雕"，要送给我。他的列车下个月初经过天津时，他会带来。他还说这只坐山雕非常大，两翼展开将近两米，脑袋像小孩的头一般大，这些描述使我充满期待。我想，如果制成一只展翅飞翔的大雕，放在屋角的柜顶上，一定神奇又惊人！但几天过后小洪来电话说，大雕没了！原因是兴安岭突降大雪，那对情侣被大雪封在山洞里，没东西吃，只能把那只坐山雕吃了。小洪在电话里气得直叫："我骂他们不仗义，我说我都跟冯老师说好了，这叫我怎么做人？"东北人就是这么爽直、义气。

据说第二天，这对猎人就扛着枪进山了。

一个月后，小洪提着一个麻袋走进我家，笑嘻嘻地对我说："人家将功折罪，送这对鹞子给你。我看很棒，难得一雌一雄，还是原对的，你看看喜欢不？"

他说着把麻袋一翻，咕咚一响，像两块砖头掉出来，是两只死鹰！死后的鹰冻得结实，又硬又重。再瞧这对鹰，完全看不出猛禽的模样，耸肩缩头，僵直的腿直往前伸，抽缩着爪子，一只鹰胸前的羽毛染了一大块黑红的血迹，可以想见它们被猎杀时的恐怖。待小洪讲起它们被猎杀的经过，更是惊心动魄。这个经过是我绝对想象不到的——

那天，情侣猎人在半山腰一块林间的阔地上狩猎。两人之间保持几十米的距离。男猎人站在平地上，女猎人登上一块山崖顶端突兀出来的岩石。她视野开阔，发现一只鹞鹰，举枪便打，那鹰应声落下。她没有想到，这鹞鹰竟是一对。她打下的是雄的，雌鹰一定要来拼命。此时，藏身在身后林间的雌鹰已经朝她扑来。她发现雌鹰时，虽尽力躲避，还是叫雌鹰的利爪抓到了她的腿，她用力一挣，掉一块肉。但是没有等到雌鹰飞去，那边的男猎人手中的枪响了，正中雌鹰的胸膛！

这雌鹰就是地上胸脯染着一大块血迹的一只。

惨烈的形象，悲壮的故事。一对情侣猎人和一双同样是情侣的鹞鹰生死相搏。不管谁死谁活，都是为了爱和复仇。当然更无辜和更勇敢的还是这对鹰，特别是这只舍命相拼的雌鹰——为了爱而付出了自己。还有比为爱而死更令人尊敬的吗？然而，这种事居然发生在这一对鹰的身上！

我忽然想，这一切都因为我吗？不管我怎样安慰自己，为自己解释和开脱，这一切毕竟都源于我。是为了满足我的需要而剥夺了它们的生命，还使那位女猎人负伤。

为此，我更要把这对鹰交给我那位擅长制作动物标本的朋友，并给他讲了这对鹰匪夷所思的壮烈又悲情的故事，讲了我心中的歉疚。这朋友沉吟一下，对我说："我明白你的意思了。"

　　现在，在连廊西边屋角上方的是雄鹰，它傲然而立，英姿飒爽，这是雌鹰眼里的雄鹰；在东边屋角上方的是雌鹰，它正扇动双翼，从高高的树杈上腾身而起，迅猛扑来，这正是在它看到自己的伴侣遇难的一刻，它目露凶光，杀气飞扬，充溢着决死复仇的激情。

　　这对鹰复原了我未曾见到的现场。那震撼人心的场面。那神话般的一瞬。

　　二十多年来，它们一直在我的连廊上，不是作为装饰——它们还在流血，并提醒我：无意的伤害也是一种罪过。

风　铃

第一次听到风铃是在美国爱荷华聂华苓的家里。

那是1985年，我和张贤亮去参加聂华苓和她先生、诗人安格尔主持的国际写作计划。我们和应邀的各国作家住在爱荷华大学的学生宿舍五月花公寓里。公寓后边是一个林木深郁的小山丘，聂华苓的家就在半山上。由于层层大树的遮翳，我们不能隔山看到她那座简洁又优雅的山间木楼。

聂华苓对来自中国大陆与台湾的作家有一种天生的亲切的情结。常常会在晚饭后打来电话，招呼我们去她家聊天。我和贤亮便绕到公寓后边，登着一条山路去到她家。山不高，我们那时都四十多岁，身体有劲，说说笑笑就到了她的楼前。

她的客室在二楼，很宽敞，一角放一张长长的餐桌。许多不同样式的椅子中间放着一些艺术品。安格尔喜欢面具，靠楼梯的一面墙上挂满来自不同国家和民族古老的面具。如果你表示喜欢，他就会像孩子那样高兴、得意。

客室朝南一面，有一扇门通向一个宽阔的木构阳台。站在阳台上可以看到爱荷华河流淌在大地上的远影，就好像一条长长的带子伸向无尽，夕照时这带子好像镀了金那样闪闪发光。

我们在一起聊天时，不时会听到一种极轻微、悦耳又悠长的声音，一种好似发自金属里的声音。我问聂华苓这是什么声音，她说：你对声音这么敏感。她领我到阳台看，屋檐下一根细绳吊着一块圆形的木片，木片下边挂着十来根银色的钢管，每有风来，钢管轻摇，彼此相碰，遂发其声。

聂华苓告我这叫作风铃。那时，我们刚从封闭的社会走出来，第一次听到风铃这名称，第一次见到这种如此美妙地取声于微风的事物。也许那次在爱荷华的时间太长，去聂华苓家的次数太多，回国后每每怀念那次经历，念及华苓，总不免想起这铃声。由于有了往日的情愫，这铃声便更加妙不可言。但声音的记忆总是飘忽不定，很难像画面那样具体地想起来，那次我为什么不从美国带回这样一个风铃？

大约六年后，我到巴黎做人文考察，在巴黎圣母院对面的拉丁区住了两个月。一天傍晚在街上散步时走进一个小店。这店里所售的物品全是与大自然相关。我忽然见到屋顶垂下几个风铃，竟与聂华苓家阳台上那个风铃完全一样，这使我异常惊喜，买回来，挂在我书屋外的阳台上。

每每有风，便有铃声。每有铃声，心里便有种牵动着昔日与往事的感觉。

人不能陷在昨天里，又不能忘却昨天。

词　典

　　在没有百度搜索之前，我写作离不开词典。在过去四十多年的写作生涯中，总共用过三部词典，现在都很破旧，成了我个人艰辛写作史的一种见证，也是一种独特的"书斋文物"。

　　我最早的一部词典好像上学时就用了。它是1947年商务印书馆出版的《汉语词典》。这本词典由语言文字学大家黎锦熙编写，初版时（1936年）名为《国语辞典》，应是民国语言第一部词典。收录的字、词、成语四万多条，详备而实用。它最初不是我写作的工具，而是学习之必备。在我的印象里，词典是无所不知的，我从中获益颇丰。

　　我年轻时有一个画友，他父亲有个奇癖，平生只读一部书，便是这本《国语辞典》。每次去朋友家玩，都见他胖胖、光头、少言寡语的父亲，手捧这部厚如大砖的词典，津津有味地读着，好像看小说。冬天穿着厚绒衣在屋里看，夏天光着膀子坐在院里一个小板凳上看。

我很奇怪，词典里边的词语彼此无关，有什么好读的？我的朋友笑嘻嘻说，他也不明白父亲兴趣何在。反正父亲只要闲下来，就读这词典。而且读得认真，一页页，一条条，一行行，从不疏漏。

他父亲故去后，他说父亲一生把这部一千二百多页的《国语辞典》整整读了一遍半。

过了许多年我忽有所悟，是不是因为那时绝大部分书都是"封资修"，全被禁了，不能看，看词典最安全？

我的第二部词典是中国科学院语言研究所编的《现代汉语词典》，也是商务印书馆出版的。1977年我到人民文学出版社修改长篇小说《义和拳》时，责编李景峰推荐我用这本词典。我买来一用，果然好用，简而不漏，阐义明确，检字方法多（拼音、部首、笔画），十分便捷。我很喜欢这本词典。在新时期十多年海量的创作中，它好像我行路使用的一根手杖。我在人文社改稿时，经常往来京津，随身的包里总要带着这部词典。写作时，右手执笔，左手常去翻它，以致把它翻得残破不堪。

另一部是1993年一位朋友送给我的——海南出版社出版的《新现代汉语词典》。此时，商务印的那部词典已经过于残破，不忍再翻，每当查词找字，就来翻这本，十五年过去，待到2007年前后手机上有了极其便捷的百度搜索，才放下了它。这部词典也被翻得皮开肉绽了。

我后悔当年没有善待它们。它们给我勘误与解惑，太多的帮助，我却只把它们当作一件干活时必不可少的"苦力"。一次，在莫斯科拜谒托尔斯泰故居的书房时，看到他书架上的一本本词典，庄重精美，有如圣典，再想想自己用过的几部词典好似伤员那样，个个遍体鳞伤，形骸狼狈，使我颇感羞愧。又想一想古人"敬惜字纸"那四个字。我身上是不是不知不觉也沾染上一种有辱斯文与功利主义的时代恶习？

　　我至今也没将这三本词典好好修复。原样地放在这里，是为了叫它们耻笑我吗？

马年的滋味

　　龙年颂龙，猴年夸猴，牛年赞牛，马年呢？友人说，你脱脱俗套说点真实的吧，你属马，也最知马年的滋味。

　　我回头一看，倏忽已过了五个马年。咀嚼一下，每个本命年的滋味竟然全不一样。

　　我的第一个马年是1942年，我出生。本来母亲先怀一个孩子，不料小产了，不久就怀上我，倘若那孩子——据说也是个男孩子——"地位稳固"，便不会有我。我的出生乃是一种幸中之幸。第一个马年里我一落地，就是匹幸运之马。

　　第二个马年是1954年，我12岁。这一年天下太平。世界上没有大战争，吾国没有政治运动。我一家人没病没灾没祸没有意外的不幸。今天回忆起那个马年来，每一天都是笑容。我则无忧无虑地踢球、钓鱼、捉蟋蟀、爬房、画画、钻到对门大院内去偷摘苹果。并且第一次感觉到邻桌的女孩有种动人的香味。这个马年我是快乐之马。

　　第三个马年是 1966 年，我 24 岁。这年大地变成大海。黑风白浪，翻天覆地。我的家被红卫兵占领四十天，占领者每人执一木棒或铁棍，将我的一切，包括我的理想与梦想全都淋漓尽致地捣了个粉碎。那一年我看到了生活的反面、人的负面，并发现只有漆黑的夜里才是最安全的。我还有三分钟的精神错乱。这个马年我是受难之马。

　　第四个马年是 1978 年，我 36 岁。这一年我住在北京的人民文学出版社里写小说。第一次拿到了散发着油墨香味的自己的书《义和拳》。但我真正走进文学还是因为投入了当时思想解放的洪流。到处参加座谈会，每个会都是激情洋溢，人人发言都有耀眼的火花。那是个热血沸腾的时代。作家们都为自己的思想而写作。我"胆大妄为"地写了"伤痕文学"《铺花的歧路》。这小说原名叫《创伤》，由于书稿在人民文学出版社引起激烈争论，误了发表，而卢新华的《伤痕》出来了，便改名为《铺花的歧路》。这情况直到 11 月才有转机。一是由于茅盾先生表示对我的支持，二是被李小林要走，拿到刚刚复刊的《收获》上发表。我便一下子站到当时文学的"风口浪尖"上。这一个马年对于我，是从挣扎之马到脱缰之马。

　　第五个马年是 1990 年，我 48 岁。我的创作出现困顿，无人解惑，便暂停了写作。打算理一理自己的脑袋，再走下边的路。在迷惘与焦灼中重拾画笔，却意外地开始了阔别久矣的绘画生涯。世人不知我的"前身"为画家，吃惊于我；我却不知这些年竟积累了如此深厚的人生感受，万般情境，挥笔即来，我也吃惊于自己。在艺术创作中最美好的感觉莫过于叫自己吃惊。于是发现，稿纸之外还有一片无涯的天地，心情随之豁然。这一年的我，可谓突围之马。

回首五个马年才知，这马年的滋味，酸甜苦辣，驳杂种种。何况本命年只是人生的驿站。各站之间长长的十二年的征程中，还有说不尽的曲折婉转。我不知别人的本命马年是何滋味，反正人生况味，都是五味俱全。五味之中，苦味为首。那么，在这个将至的马年里，我这匹马又该如何？

前几天，请友人治印两方，皆属闲文。一方是"一甲子"，一方是"老骥"。这"老骥"二字，不过是乘一时之兴，借用曹操的诗，以寓志在千里罢了。可是反过来，我又笑自己不甘寂寞，总用种种近忧远虑来折磨自己。看来这一年我注定是奔波之马了。

姥姥的花瓶

　　姥姥的花瓶怎会到我的手中，不知道了，但只要看到它，就会想到姥姥。

　　这是一只陶胎青花梅瓶，普通的民窑，并不高贵，但朴实淳厚、釉质液润，底色白纯，蓝彩鲜亮；瓶上画着一棵梧桐，树下一女子与二童子举花欢舞，画得很随意，形象稚拙又生动。瓶底上以刀潦草地刻画出四个字"成化年制"。不管它是否赝品，也不管瓶底多有磕碰残缺，由于它是姥姥的遗物，就无比珍贵。

　　姥姥家在山东济宁，名傅芷棠，1890 年生。1928 年随外祖父戈子良迁至天津。姥姥戴一副细边圆眼镜，清癯瘦小，清雅和善，性情柔韧，人很自尊；她好读书，最爱讲三国和东周列国。我所知道关于泰山的许多事，都是姥姥讲给我的。姥姥很疼爱我，一次给我手织一顶毛线帽，拿给我时，在楼梯上摔了一跤，那可怕的摔跤声很响，现在都能想起来，想起来都觉得疼。

　　姥姥在五十年前就不在了。我手里只有她这一件遗物。这瓶子就像她本人，永远亲切地立在那里，它不能缺少。有一次搬家不知塞进哪个纸箱，急得我翻箱倒柜折腾两天，也没有找到。我真感觉世界的一块地方空了。过几天，清理衣箱时突然发现它，原来我怕它摔了，裹在了一件厚衣服里边。在我惊喜地看到它的一刹那，感觉就像忽然见到了姥姥，我把它抱得紧紧的。

老母为我"扎红带"

今年是马年，我的本命年，又该扎红腰带了。

在古老的传统中，本命年又称"槛儿年"，本命年扎红腰带——俗称扎红，就是顺顺当当"过槛儿"，寄寓着避邪趋吉的心愿。故而每到本命年，母亲都要亲手为我"扎红"。记得十二年前我甲子岁，母亲已86岁，却早早为我准备好了红腰带，除夕那天，亲手为我扎在腰上。那一刻，母亲笑着，我笑着，屋内其他人也笑着，我心里深深地感动。所有孩子自出生一刻，母亲最大的心愿莫过于孩子的健康与平安，这心愿一直伴随着孩子的成长而执着不灭；而我竟有如此洪福，60岁还能感受到母亲这种天性和深挚的爱。一时心涌激情，对母亲说，待我十二年后，还要她再为我扎红，母亲当然知道我这话里边的含意，笑嘻嘻连连说一个字：好好好。

十二年过去，我的第六个本命年来到，如今72岁了。

母亲呢？真棒！她信守诺言，98岁寿星般的高龄，依然健康，面无深皱，皮肤和雪白的发丝泛着光亮；最叫我高兴的是她头脑仍旧明晰和富于觉察力，情感也一直那样丰富又敏感，从来没有衰退过。而且，今年一入腊月就告诉我，已经预备了红腰带，要在除夕那天亲手给我扎在腰上，还说这次腰带上的花儿由她自己来绣。她为什么刻意自己来绣？她眼睛的玻璃体有点小问题，还能绣吗？她执意要把深心的一种祝愿，一针针地绣入这传说能够保佑平安的腰带中吗？

于是在除夕这天，我要来体验七十人生少有的一种幸福——由老母来给扎红了。

母亲郑重地从柜里拿出一条折得分外齐整的鲜红的布腰带，打开给我看，一端——终于揭晓了——是母亲亲手用黄线绣成的四个字"马年大吉"。竖排的四个字，笔画规整，横平竖直，每个针脚都很清晰。这是母亲绣的吗？母亲抬头看着我说："你看绣得行吗？我写好了字，开始总绣不好，太久不绣了，眼看不准手也不准，拆了三次绣了三次，'马'字下边四个点间距总摆不匀，现在这样还可以吧。"我感觉此刻任何语言都无力于心情的表达。妹妹告我，她还换了一次线呢，开头用的是粉红色的线，觉得不显眼，便换成了黄线。妹妹笑对母亲说："你要是再拆再绣，布就扎破了。"什么力量使她克制着眼睛里发浑的玻璃体，顽强地使每一针都依从心意、不含糊地绣下去？

母亲为我扎红时十分认真。她两手执带绕过我的腰时，只说一句："你的腰好粗啊。"随后调整带面，正面朝外，再把带子两端汇集到腰前正中，拉紧拉直，结扣时更是着意要像蝴蝶结那样好看，并把带端的字露在表面。她做得一丝不苟，庄重不阿，有一种仪式感，叫我感受到这一古老风俗里有一种对生命的敬畏，还有世世代代对传衍的郑重。

我比母亲高出一头还多，低头正好看着她的头顶，她稀疏的白发中间，露出光亮的头皮，就像我们从干涸的秋水看到了洁净的河床。母亲真的老了，尽管我坚信自己有很强的能力，却无力使母亲重返往昔的生活——母亲年轻时种种明亮光鲜的形象就像看过的美丽的电影片段那样仍在我的记忆里。

然而此刻，我并没有陷入伤感。因为，活生生的生活证明着，我现在仍然拥有着人间最珍贵的母爱。我鬓角花白却依然是一个孩子，还在被母亲呵护着。而此刻，这种天性的母爱的执着、纯粹、深切、祝愿，全被一针针绣在红带上，温暖而有力地扎在我的腰间。

感谢母亲长寿，叫我们兄弟姐妹们一直有一个仍由母亲当家的家；在远方工作的手足每逢年时依然能够其乐融融地回家过年，享受那种来自童年的深远而常在的情味，也享受着自己一种美好的人生情感的表达——孝顺。

孝，是中国作为人的准则的一个字。是一种缀满果实的树对根的敬意，是万物对大地的感恩，也是人性的回报和回报的人性。

我相信，人生的幸福最终还来自自己的心灵。

此刻，心中更有一个祈望，让母亲再给我扎一次红腰带。

这想法有点神奇吗？不，人活着，什么美好的事都有可能。

母亲百岁记

留在昔时中国人记忆里的，总有一个挂在脖子上小小而好看的长命锁。那是长辈请人用纯银打制的，锁下边坠着一些精巧的小铃，锁上边刻着四个字：长命百岁。这四个字是世世代代以来对一个新生儿最美好的祝福，一种极致的吉祥话语，一种遥不可及的人间想往，然而从来没想到它能在我亲人的身上实现。天竟赐我这样的鸿福！

天下有多少人能活到三位数？谁能叫自己的生命装进去整整一个世纪的岁久年长？

我骄傲地说——我的母亲！

过去，我不曾有过母亲百岁的奢望。但是在母亲过90岁生日的时候，我萌生出这种浪漫的痴望。太美好的想法总是伴随着隐隐的担忧。我和家人们嘴里全不说，却都分外用心照料她，心照不宣地为她的百岁目标使劲了。我的兄弟姐妹多，大家各尽其心，又都彼此合力，第三代的孙男娣女也加入进来。特别是母亲患病时，那是我们必需一起迎接的挑战。每逢此时我们就像一支训练有素的球队，凭着默契的配合和倾力倾情，赢下一场场"赛事"。母亲经多磨难，父亲离去后，更加多愁善感；多年来为母亲消解心结已是我们每个人都擅长的事。我无法知道这些年为了母亲的快乐与健康，我们手足之间反反复复通了多少电话。

然而近年来，每当母亲生日我们笑呵呵聚在一起时，也都是满头华发。小弟已七十，大姐都八十了。可是在母亲面前，我们永远是孩子。人只有到岁数大了，才会知道做孩子的感觉多珍贵多温馨。谁能像我这样，75岁了还是儿子；还有身在一棵大树下的感觉，有故乡故土和家的感觉；还能闻到只有母亲身上才有的深挚的气息。

人生很奇特。你小时候，母亲照料你保护你，每当有外人敲门，母亲便会起身去开门，决不会叫你去。可是等到你成长起来，母亲老了，再有外人敲门时，去开门的一定是你；该轮到你来呵护母亲了，人间的角色自然而然地发生转变，这就是美好的人伦与人伦的美好。母亲从九十一、九十二、九十三……一步步向前走。一种奇异的感觉出现了，我似乎觉得母亲愈来愈像我的女儿，我要把她放在手心里，我要保护她，叫她实现自古以来人间最瑰丽的梦想——长命百岁！

母亲住在弟弟家。我每周二、五下班之后一定要去看她，雷打不动。母亲知我忙，怕我担心她的身体，这一天她都会提前洗脸擦油，拢拢头发，提起精神来，给我看。母亲兴趣多多，喜欢我带来的天南地北的消息，我笑她"心怀天下"。她还是个微信老手，天天将亲友们发给她的美丽的图片和有趣的视频转发他人。有时我在外地开会时，会忽然收到她的微信："儿子，你累吗？"可是，我在与她一边聊天时，还是要多方"刺探"她身体存在哪些小问题和小不适，我要尽快为她消除。我明白，保障她的身体健康是我首要的事。就这样，那个浪漫又遥远的百岁的目标渐渐进入眼帘了。

到了去年，母亲99周岁。她身体很好，身体也有力量，想象力依然活跃，我开始设想来年如何为她庆寿时，她忽说："我明年不过生日了，后年我过101岁。"我先是不解，后来才明白，"百岁"这个日子确实太辉煌，她把它看成一道高高的门槛了，就像跳高运动员面对的横杆。我知道，这是她本能地对生命的一种畏惧，又是一种渴望。于是我与兄弟姐妹们说好，不再对她说百岁生日，不给她压力，等到了百岁那天来到自然就要庆贺了。可是我自己的心里也生出了一种担心——怕她在生日前生病。

然而，担心变成了现实，就在她生日前的两个月突然丹毒袭体，来势极猛，发冷发烧，小腿红肿得发亮，这便赶紧送进医院，打针输液，病情刚刚好转，旋又复发，再次入院，直到生日前三日才出院，虽然病魔赶走，然而一连五十天输液吃药，伤了胃口，变得体弱神衰，无法庆贺寿辰。于是兄弟姐妹大家商定，百岁这天，轮流去向她祝贺生日，说说话，稍坐即离，不叫她劳累。午餐时，只由我和爱人、弟弟，陪她吃寿面。我们相约依照传统，待到母亲身体康复后，一家老小再为她好好补寿。

尽管在这百年难逢的日子里，这样做尴尬又难堪，不能尽大喜之兴，不能让这人间盛事如花般盛开，但是今天——

母亲已经站在这里——站在生命长途上一个用金子搭成的驿站上

了。一百年漫长又崎岖的路已然记载在她生命的行程里。她真了不起，一步跨进了自己的新世纪。此时此刻我却仍然觉得像是在一种神奇和发光的梦里。

故而，我们没有华庭盛筵，没有四世同堂，只有一张小桌，几个适合母亲口味的家常小菜，一碗用木耳、面筋、鸡蛋和少许嫩肉烧成的拌卤，一点点红酒，无限温馨地为母亲举杯祝贺。母亲今天没有梳妆，不能拍照留念，我只能把眼前如此珍贵的画面记在心里。母亲还是有些衰弱，只吃了七八根面条，一点绿色的菠菜，饮小半口酒。但能与母亲长久相伴下去就是儿辈莫大的幸福了。我相信世间很多人内心深处都有这句话。

此刻，我愿意把此情此景告诉给我所有的朋友与熟人，这才是一件可以和朋友们共享的人间的幸福。

父子应是忘年交

儿子考上大学时，闲话中提到费用，他忽然说："从上初中开始，我一直用自己的钱缴的学费。"

我和妻子都吃了一惊。我们活得又忙碌又糊涂，没想到这种事。

我问他："你哪来的钱？"

"平时的零花钱，还有以前过年时的压岁钱，攒的。"

"你为什么要用自己的钱呢？"我犹然不解。

他不语。事后妻子告诉我，他说："我要像爸爸那样，一切都靠自己。"

于是我对他肃然起敬，并感到他一下子长大了。那个整天和我踢球、较量、打闹并被我爱抚地捉弄着的男孩儿已然倏忽远去。

人长大，不是身体的放大，不是唇上出现的软髭和颈下凸起的喉结，而是一种成熟，一种独立人格的出现。

但究竟他是怎样不声不响、不落痕迹地渐渐成长，忽然一天这样地叫我惊讶，叫我陌生？是不是我的眼睛太多关注于人生的季节和社会的时令，关注那每一朵嫩苞一节枯枝一块阴影和一片容光，关注笔尖下每一个细节的真实和每一个词语的准确，因而忽略了日日跟在身边却早已悄悄发生变化的儿子？

我把这感觉告诉给朋友，朋友们全都笑了，原来在所有的父亲心目里，儿子永远是夹生的。

对于天下的男人们，做父亲的经历各不一样，做父亲的感觉却大致相同。这感觉一半来自天性，一半来自传统。

1976 年大地震那夜，我睡地铺。"地动山摇"的一瞬，我本能地一跃而起，扑向儿子的小床，把他紧紧拥在怀里，任凭双腿全被乱砖乱瓦砸伤。

事后我逢人便说自己如何英勇地捍卫了儿子，那份得意，那份神气，那份英雄感，其实是一种自享——享受一种做父亲尽天职的快乐。父亲，天经地义是家庭和子女的保护神。天职就是天性。

至于来自传统的做父亲的感觉，便是长者的尊严，教导者的身份，居高临下的视角与姿态……每一代人都从长辈那里感受这种父亲的专利，一旦他自己做了父亲，就将这种专利原原本本继承下来。这是一种"传统感觉"，也是一种"父亲文化"。

我们就是在这一半天性一半传统中，美滋滋又糊里糊涂做着父亲。自以为对儿子了如指掌，一切一切，尽收眼底，可是等到儿子一旦长大成人，才惊奇地发现自己竟然对他一无所知。

最熟悉的变为最陌生，最近的站到了最远，对话忽然中断，交流出现阻隔，弄不好还可能会失去他。人们把这弄不明白的事情推给

"代沟"这个字眼儿，却不清楚每个父亲都会面临重新与儿子相处的问题。

我想起，我的儿子自小就不把同学领到狭小的家里来玩，怕打扰我写作，我为什么不把这看作是他对我工作的一种理解与尊重？他也没有翻动过我桌上的任何一片写字的纸，我为什么没有看到文学在他心里也同样的神圣？

我由此还想起，照看过他的一位老妇人说，他从来没有拉过别人的抽屉，没有对别人的东西产生过好奇与艳羡……当我把这些不曾留意的许多细节，与他中学时就自己缴学费的事情串联于一起，我便开始一点点向他走近。

他早就有一个自己的世界，里边有很多发光的事物。直到今天我才探进头来。被理解是一种幸福，理解人也是一种幸福。

当我看到了他独立的世界和独立的人格，也就有了与他相处的方式。

对于一个走向成年的孩子，千万不要再把他当作孩子，而要把他当作一个独立的男人。

我开始尽量不向他讲道理，哪怕这道理千真万确，我只是把这道理作为一种体会表达出来而已。他呢？也只是在我希望他介入我的事情时，他才介入进来。我们对彼此的世界，不打扰，不闯入，不指手画脚，这才是男人间的做法。

深知他不喜欢用语言张扬情感，崇尚行动的本身；他习惯于克制激动，同时把这激动用隐藏的方式保留起来。我们的性格刚好相反，我却学会用他这种心领神会的方式与他交流。比方我在书店买书时，常常会挑选几本他喜欢的书，回家后便不吭声地往他桌上一放。他也是这样为我做事。

他不喜欢添油加醋的渲染，而把父子之情看得天地一样的必然。如果这需要印证，就去看一看他的眼睛——儿子望着父亲的目光，总是一种彻底的忠诚。

所以，我给他所翻译的埃里克·奈特那本著名的小说《好狗莱希》（又名《莱希回家了》）写的序文，故意用了这样一个题目：忠诚的价值胜过金子。

儿子，在孩提时代是一种含义。但长大成人后就变了，除去血缘上的父子关系之外，又是朋友，是一个忘年交。而只有真正成为这种互为知己的忘年交，我们才获得完满的做父子的幸福，才拥有了实实在在又温馨完美的人生。

三老道喜图

20世纪80年代初，初入政协时，文艺界委员多是老者。比如贺绿汀、张君秋、李可染、李苦禅、沙汀、冯牧、阳翰笙、萧军、李焕之、胡风、林散之、张乐平等等。其中三位老人很要好，总在一起，便是吴祖光、黄苗子和丁聪。我读过吴祖光的书，喜欢丁聪的漫画；当年习画时，从黄苗子关于国画的史论中受益良多，所以与他们谈得来。

一天午餐后，黄苗子对我说："你要是不睡午觉就到小丁（小丁是丁聪的自称，也是别人对他的爱称）房间来，小丁从家里带来了笔墨，咱们一起画画。"我听了很高兴，随即去到丁聪的房间里。桌上已摆上了纸笔墨砚。三老叫我先画，我礼当承命，画了一小幅山水，用的是我擅长的宋人北宗的笔法。我作画时，三老边看边评议。他们是长辈，自然还不时对我夸赞几句。

可能由于我这一画，把丁聪的画瘾勾起来了。他说："我画什么呢？我给大冯画张像吧。"跟着就在桌上铺了一张宣纸，用镇尺压好纸边。

"大冯"也一直是文坛上无论老少对我的昵称。

我很高兴，在他身边坐端正了。丁聪笑道："你甭像照相那样，自管随便说笑，我有时能看你一两眼就行了。"

黄苗子最爱与丁聪打趣，他说："他看你一两眼也都是做做样子，不然算什么画像呢。其实他背着你一样画。"

丁聪笑道："像不像就不好说了。"

黄苗子的话不假，丁聪好像只瞅了我两三眼。当我忍不住瞅一眼他笔下的我时，真棒，一看就是我！

他画画不起稿，下笔自如又自信，线条清晰又肯定，一笔画过，决不修正。然而我的特征：缭乱的头发，肥厚的嘴唇，八字眉，下巴上刮不净的胡楂，总是带点疲倦的眼神，还有那时刚刚出现的眼袋……全叫他抓住了。而这里边，隐隐还藏着他特有的"丁氏的调侃"，他的幽默，他的机智。他很快画成，大家都称好。小丁便署款署名。

就在这时，张贤亮穿着拖鞋跑进来找我。会议上，张贤亮与我同屋，我俩住丁聪房间的下一层。贤亮说我妻子同昭来电话，叫我快去接。还告诉我，我妻子说我家的住房领导批下来了！

哎哟，这可是天大喜讯。

我自地震后一直住在楼顶上半临建式的小破屋里，困难重重，受尽苦楚，自不必说。那时住房由国家分配，为了请求领导帮助解决，跑了几年，快把鞋底磨出窟窿来。这事谁都知道。当三老听说我这

076　冯骥才作品中学生典藏版·绿色的手杖

“天降之喜”，竟然高兴得鼓起掌来。我在掌声中一蹿而起，跑出去，等不及电梯，从楼梯连蹦带跳地下去，回屋抓起电话，听着妻子讲述这大喜之事的全过程，脑袋兴奋得发涨，什么内容都没听清，只觉得妻子的声音在话筒里发光。

待我再次进到丁聪的房间，除去三老三张可爱的笑脸相迎，还有一幅画放在床上，正是丁聪为我画的像。上边还多了吴祖光和黄苗子的题句。吴祖光写的是“苦尽甘来”。吴祖光为人耿介爽直，口无遮拦，言尽心声。这四个字既是对我的祝愿，也是当时人们对生活的一种深切的期望。黄苗子则是轻松快活地道出了此时此景此情：

　　人生何处不相逢，

　　大会年年见大冯。

　　恰巧钥匙拿到手，

　　从今不住鸽子笼。

　　没想到这原本是一张画像，现在变成了“道喜图”！
　　这幅画一直挂在我书房外边的墙上。三十年过去，三老都不在了，但画还在，人间的情意依然还在人间，历史则被这些笔墨记下。

奇人志

　　天津人讲吃讲玩不讲穿，把讲穿的事儿留给上海人。上海人重外表，天津人重实惠；人活世上，吃饱第一。天津人说，衣服穿给人看，肉吃在自己肚里；上海人说，穿绫罗绸缎是自己美，吃山珍海味一样是向人显摆。天津人反问：那么狗不理包子呢？吃给谁看？谁吃谁美。

——《狗不理》

杨七杨八

这二位，一位胖黑敦厚，名叫杨七；一位细白精
朗，人称杨八。

——《好嘴杨巴》

苏 七 块

苏大夫本名苏金散，民国初年在小白楼一带，开所行医，正骨拿环，天津卫挂头牌，连洋人赛马，折胳膊断腿，也来求他。

他人高袍长，手瘦有劲，五十开外，红唇皓齿，眸子赛灯，下巴儿一绺山羊须，浸了油赛的乌黑锃亮。张口说话，声音打胸腔出来，带着丹田气，远近一样响，要是当年入班学戏，保准是金少山的冤家对头。他手下动作更是"干净麻利快"，逢到有人伤筋断骨找他来，他呢？手指一触，隔皮截肉，里头怎么回事，立时心明眼亮。忽然双手赛一对白鸟，上下翻飞，疾如闪电，只听"咔嚓咔嚓"，不等病人觉疼，断骨头就接上了。贴块膏药，上了夹板，病人回去自好。倘若再来，一准是鞠大躬谢大恩送大匾来了。

人有了能耐，脾气准各色。苏大夫有个各色的规矩，凡来瞧病，无论贫富亲疏，必得先拿七块银元码在台子上，他才肯瞧病，否则决不搭理。这叫嘛规矩？他就这规矩！人家骂他认钱不认人，能耐就值七块，因故得个挨贬的绰号叫作：苏七块。当面称他苏大夫，背后叫他苏七块，谁也不知他的大名苏金散了。

苏大夫好打牌，一日闲着，两位牌友来玩，三缺一，便把街北不远的牙医华大夫请来，凑上一桌。玩得正来神儿，忽然三轮车夫张四闯进来，往门上一靠，右手托着左胳膊肘，脑袋瓜淌汗，脖子周围的小褂湿了一圈，显然摔坏胳膊，疼得够劲。可三轮车夫都是赚一天吃一天，哪拿得出七块银元？他说先欠着苏大夫，过后准还，说话时还哼哟哼哟叫疼。谁料苏大夫听赛没听，照样摸牌看牌算牌打牌，或喜或忧或惊或装作不惊，脑子全在牌桌上。一位牌友看不过去，使手指指门外，苏大夫眼睛仍不离牌。"苏七块"这绰号就表现得斩钉截铁了。

牙医华大夫出名的心善，他推说去撒尿，离开牌桌走到后院，钻出后门，绕到前街，远远把靠在门边的张四悄悄招呼过来，打怀里摸出七块银元给了他。不等张四感激，转身打原道返回，进屋坐回牌桌，若无其事地接着打牌。

过一会儿，张四歪歪扭扭走进屋，把七块银元"哗"地往台子上一码。这下比按铃还快，苏大夫已然站在张四面前，挽起袖子，把张四的胳膊放在台子上，捏几下骨头，跟手左拉右推，下顶上压，张四抽肩缩颈闭眼龇牙，预备重重挨几下，苏大夫却说："接上了。"当下便涂上药膏，夹上夹板，还给张四几包活血止疼口服的药面子。张四说他再没钱付药款，苏大夫只说了句："这药我送了。"便回到牌桌旁。

今儿的牌各有输赢，更是没完没了，直到点灯时分，肚子空得直叫，大家才散。临出门时，苏大夫伸出瘦手，拦住华大夫，留他有事。待那二位牌友走后，他打自己座位前那堆银元里取出七块，往华大夫手心一放，在华大夫惊愕中说道：

"有句话，还得跟您说。您别以为我这人心地不善，只是我立的这规矩不能改！"

华大夫把这话带回去，琢磨了三天三夜，到底也没琢磨透苏大夫这话里的深意。但他打心眼儿里钦佩苏大夫这事这理这人。

泥 人 张

■■■■■　　手艺道上的人，捏泥人的"泥人张"排第一。而且，有第一，没第二，第三差着十万八千里。

泥人张大名叫张明山。咸丰年间常去的地方有两处：一是东北城角的戏院大观楼，一是北关口的饭馆天庆馆。坐在那儿，为了瞧各样的人，也为捏各样的人。去大观楼要看戏台上的各种角色，去天庆馆要看人世间的各种角色。这后一种的样儿更多。

那天下雨，他一个人坐在天庆馆里饮酒，一边留神四下里吃客们的模样。这当儿，打外边进来三个人。中间一位穿得阔绰，大脑袋，中溜个子，挺着肚子，架势挺牛，横冲直撞往里走。站在迎门桌子上的"撂高的"一瞅，赶紧吆喝着："益照临的张五爷可是稀客，贵客，张五爷这儿总共三位——里边请！"

一听这喊话，吃饭的人都停住嘴巴，甚至放下筷子瞧瞧这位大名鼎鼎的张五爷。当下，城里城外气最冲的要算这位靠着贩盐赚下金山的张锦文。他当年由于为盛京将军海仁卖过命，被海大人收为义子，排行老五。所以又有"海张五"一称。但人家当面叫他张五爷，背后叫他海张五。天津卫是做买卖的地界儿，谁有钱谁横，官儿也怵三分。可是手艺人除外。手艺人靠手吃饭，求谁？怵谁？故此，泥人张只管饮酒，吃菜，西瞧东看，全然没把海张五当个人物。

但是不一会儿，就听海张五那边议论起他来。有个细嗓门的说："人家台下一边看戏，一边手在袖子里捏泥人。捏完拿出来一瞧，台上的嘛样，他捏的嘛样。"跟着就是海张五的大粗嗓门说："在哪儿捏？在袖子里捏？在裤裆里捏吧！"随后一阵笑，拿泥人张找乐子。

这些话天庆馆里的人全都听见了。人们等着瞧艺高胆大的泥人张怎么"回报"海张五。一个泥团儿砍过去？

只见人家泥人张听赛没听，左手伸到桌子下边，打鞋底下抠下一块泥巴。右手依然端杯饮酒，眼睛也只瞅着桌上的酒菜，这左手便摆弄起这团泥巴来；几个手指飞快捏弄，比变戏法的刘秃子的手还灵巧。海张五那边还在不停地找乐子，泥人张这边肯定把那些话在他手里这团泥上全找回来了。随后手一停，他把这泥团往桌上"叭"地一戳，起身去柜台结账。

吃饭的人伸脖一瞧，这泥人真捏绝了！就赛把海张五的脑袋割下来放在桌上一般。瓢似的脑袋，小鼓眼，一脸狂气，比海张五还像海张五，只是只有核桃大小。

海张五在那边，隔着两丈远就看出捏的是他。他朝着正走出门的泥人张的背影叫道："这破手艺也想赚钱，贱卖都没人要。"

泥人张头都没回，撑开伞走了。但天津卫的事没有这样完的——

　　第二天，北门外估衣街的几个小杂货摊上，摆出来一排排海张五这个泥像，还加了个身子，大模大样坐在那里。而且是翻模子扣的，成批生产，足有一二百个。摊上还都贴着个白纸条，上边使墨笔写着：

　　　　贱卖海张五

　　估衣街上来来往往的人，谁看谁乐。乐完找熟人来看，再一块乐。

　　三天后，海张五派人花了大价钱，才把这些泥人全买走，据说连泥模子也买走了。泥人是没了，可"贱卖海张五"这事却传了一百多年，直到今儿个。

神医王十二

　　天津卫是码头。码头的地面疙疙瘩瘩可不好站，站上去，还得立得住，靠嘛呢——能耐？一般能耐也立不住，得看你有没有非常人所能的绝活儿。换句话说，凡是在天津站住脚的，不管哪行哪业，全得有一手非凡的绝活儿，比方瞧病治病的神医王十二。

　　要说那种"妙手回春"的名医，城里城外一捡一筐，可这只是名医而已，王十二人家是神医。神医名医，一天一地。神在哪儿，就是你身上出了毛病，急病，急得要死要活，别人没法儿，他有法儿，而且那法儿可不是原先就有的，是他灵光一闪，急中生智，信手拈来，手到病除。

　　王十二这种故事多着呢，这儿不多说，只说两段。一段在租界小白楼，一段在老城西马路。先说租界这一段。

　　这天王十二在开封道上走，忽听有人尖叫。一瞧，一个在道边套烟筒的铁匠两手捂着左半边脸，痛得大喊大叫。王十二急步过去问他出了嘛事，这铁匠说："铁渣子崩进眼睛里了，我要瞎了！"王十二说："别拿手揉，愈揉扎得愈深，你手拿开，睁开眼叫我瞧瞧。"铁匠松开手，勉强睁开眼，一小块黑黑的铁渣子扎在眼球子上，冒泪又流血。

王十二抬起头往两边一瞧，这条街全是各样的洋货店，王十二喜好洋人新鲜的玩意儿，常来逛。他忽然目光一闪，也是灵光一闪，只听他朝着铁匠大声说："两手别去碰眼睛，我马上给你弄出来！"扭身就朝一家洋杂货店跑去。

王十二进了一家洋货店的店门，伸出右手就把挂在墙上一样东西摘下来，顺手将左手拿着的出诊用的绿绸包往柜台上一撂，说："我拿这包做押，借你这玩意儿用用，用完马上还你！"话没说完，人已夺门而出。

王十二跑回铁匠跟前说："把眼睁大！"铁匠使劲一睁眼，王十二也没碰他，只听"叮"的一声，这声音极轻微也极清楚，跟着听王十二说："出来了，没事了。你眨眨眼，还疼不疼？"铁匠眨眨眼，居然一点不疼了，跟好人一样。再瞧，王十二捏着一块又小又尖的铁渣子举到他面前，就是刚在他眼里那块要命的东西！不等他谢，王十二已经转身回到那洋货店，跟着再转身出来，胳肢窝夹着那个出诊用的绿绸包朝着街东头走了。铁匠朝他喊："您用嘛法给我治好的？我得给您磕头呵！"王十二头也没回，只举起手摇了摇。

铁匠纳闷，到洋货店里打听。店员指着墙上边一件东西说："我们也不知道是怎么回事，他就说借这东西用用，不一会儿就送回来了。"

铁匠抬头看，墙上挂着这东西像块马蹄铁，可是很薄，看上去挺讲究，光亮溜滑，中段涂着红漆；再看，上边没钉子眼儿，不是马蹄铁。铁匠愈瞧愈不明白，问店员道："洋人就使它治眼？"

店员说："还没有听说它能治眼！这是个能吸铁的物件，洋人叫吸铁石。"店员说着从墙上把这东西摘下来，吸一吸桌上乱七八糟的铁物件——铁盒、铁夹子、钉子、钥匙，还有一个铁丝眼镜框子，竟然全都叫它吸在上边，好赛有魔法。铁匠头次看见这东西——见傻。

原来王十二使它把铁匠眼里的铁渣子吸下来的。

可是，刚刚那会儿，王十二怎么忽然想起用它来了？

神不神？神医吧。再一段更神。

这段事在老城西那边，也在街上。

那天一辆运菜的马车的马突然惊了，横冲直撞在街上狂奔，马夫吆喝拉缰都弄不住，街两边的人吓得往两边跑，有胡同的地方往胡同里钻，没胡同的地方往树后边躲，连树也没有的地方就往墙根扎。马奔到街口，迎面过来一位红脸大汉，敞着怀，露出滚圆锃亮的肚皮，一排黑胸毛，赛一条大蜈蚣趴在当胸。有人朝他喊："快躲开，马惊了！"

谁料这大汉大叫："有种往你爷爷胸口上撞！"看样子这汉子喝高了。

马夫急得在车上喊："要死人啦！"

跟着，一声巨响，像撞倒一面墙，把大汉撞飞出去，硬摔在街边的墙上，好像紧紧趴在墙上边。马车接着往前奔去，大汉虽然没死，却趴在墙上下不来了，他两手用力撑墙，人一动不动，难道叫嘛东西把他钉在墙上了？

人们上去一瞧，原来肋叉子撞断，断了的肋条穿皮而出，正巧插进砖缝，撞劲太大，插得太深，拔不出来。大汉痛得急得大喊大叫。

一个人嚷着："你再使劲拔，肚子里的中气散了，人就完啦！"

另一个人叫着："不能使劲，肋叉子掰断了，人就残了！"

谁也没碰过这事，谁也没法儿。

大汉叫着："快救我呀，我这个王八蛋要死在这儿啦！"声音大得震耳朵。有几个人撸袖子要上去拽他。

这时，就听不远处有人叫一声："别动，我来。"

人们扭头一瞧，只见不远处一个小老头朝这边跑来。这小老头光脑袋，灰夹袍，腿脚极快。有人认出是神医王十二，便说："有救了。"

只见王十二先往左边，两步到一个剃头摊前，把手里那出诊用的小绿绸包往剃头匠手里一塞说："先押给你。"顺手从剃头摊的架子上摘下一块白毛巾，又在旁边烧热水的铜盆里一浸一捞，便径直往大汉这边跑来。他手脚麻利，这几下都没耽误工夫，手里的白手巾一路滴着水儿、冒着热气儿。

王十二跑到大汉身前，左手从后边搂大汉的腰，右手把滚烫的湿手巾往大汉脸上一捂，连鼻子带嘴紧紧捂住，大汉给憋得大叫，使劲挣，王十二死死搂着捂着，就是不肯放手。大汉肯定脏话连天，听上去却呜呜的赛猪嚎。只见大汉憋得红头涨脸，身子里边的气没法从鼻子和嘴巴出来，胸膛就鼓起来，愈鼓愈大，大得吓人，只听"砰"的一声，钉在墙缝里的肋叉子自己退了出来。王十二手一松，大汉的劲也松了，浑身一软，坐在地上，出了一声："老子活了。"

王十二说："赶紧送他瞧大夫去接骨头吧。"转身去把白手巾还给剃头匠，取回自己那出诊用的绿绸包走了，好赛嘛事没有过。

可是在场的人全看得目瞪口呆。只一位老人看出门道，他说："王十二爷这法儿，是用这汉子自己身上的劲把肋条从墙缝里抽出来的。外人的劲是拗着自己的，自己的劲都是顺着自己的。"这老人寻思一下又说，"可是除去他，谁还能想出这法子来？"

人想不到的只有神，所以天津人称他神医王十二。

燕子李三

　　光绪末年，天津卫出了一位奇人，叫燕子李三。他人叫李三，燕子是他的绰号。他是个天下少见的飞贼，专偷富豪大户，每偷走一物，必在就近画下一只燕子做记号，表示东西是他大名鼎鼎的燕子李三偷的。此贼牵涉到富贵人家，官府必然下力缉拿，但李三的功夫奇高，穿房越脊，如走平地。遇到河面还能用脚尖点着水波而行，从这岸到那岸，这一手叫作"蜻蜓点水"。轻功不到绝顶，绝对学不会这一手。

　　燕子李三的事闹了半年，在城里城外十多个富人家被窃去的宝贝旁，留下了那个燕子的记号，府县的捕快使了不少计谋逮他，却连李三的影儿也没见过。有的说模样像时迁，一身紧身皂衣，长筒软靴，深夜出来行盗，人混在夜色里，绝对看不出来。有的说他长相和杨香武一样，嘴唇上留一撮两头向上翘的小黑胡，更是"燕子"的来历。于是一时间，留小胡子的人走在街上总会招人多看两眼。后来又有人说，什么时迁杨香武，都是戏迷瞎诌的。此人肯定长相平平，不惹眼，白天睡觉，半夜出行，像蝙蝠。

这李三怎么突然冒出来的？为嘛以前从没人说过？肯定是新近打外地窜来的。天津卫有钱的人多，有钱的人宝贝多，就把李三这种人招来了。传说这个李三是河北人，燕赵之地的人身上都有功夫，还有说得更有鼻子有眼——是吴桥人。吴桥人善杂技，爬杆走绳，如履平地。说法虽然多，谁也没见过。愈见不着愈瞎猜，愈猜愈玄愈神愈哏，甚至有人说这李三就是几个月前刚打外地调任天津的县太爷。县太爷是河北人，人瘦如猴，能文善武，还爱财。甭管是不是他，反正说来挺好玩，愈说愈有乐子。天津人就好过嘴瘾，往里是吃，往外是说；说美了和吃美了一样痛快。

不过这飞贼李三在人们嘴里口碑不坏。反正他不偷穷人的。不但偷富，还济贫。东门内一家穷人欠着房租还不上，被房主逼得无奈，晚上在屋里哭哭啼啼，忽然打后窗外扔进一包东西，打开一瞧，竟是不少银子，令这家人更惊奇的是，包袱一角画着一只小燕。这家人急忙出去谢恩人，跑到门外一片漆黑，早没了人影。听说最有机会看到李三长相的是蹲在城门口讨饭的裴十一。李三把一纸包钱亲手撂在他手心里，可裴十一是个瞎子，只捏到李三的手，这手不大却挺硬；虽然脸对脸，嘛也瞧不见。

这一来，李三在人们口里就更神奇了。

一天，燕子李三在天津卫，把偷窃一事做到了头——他偷到天津最大的官直隶总督荣禄老爷的家。

这天，荣禄的老婆早晨起来梳妆，发现梳妆匣子里的一个珍珠的别针不见了。这是她顶喜欢的一件宝贝，珠子大小跟葡萄差不多大，亮得照眼，这么大的珍珠蚌在海里得五百年才能养成，当年荣禄想拿它孝敬老佛爷，她都死活不肯。丢了这东西跟她丢了命差不多。最气人的是在放别针那块衬绸上画了一只燕子，这纯粹是和荣禄老爷叫板！气得荣禄一狠劲咬碎一颗后槽牙。

荣禄也不是凡辈，他使个法儿：在大堂中间放一张八仙桌，桌面中央摆了总督的官印，上边罩一个玻璃罩子，然后放出话去，说当夜他要关上大堂门，堂内不设兵弁护卫，只他自己一人坐在堂上守候着官印，他要从天黑守到天亮，燕子李三有胆量有本事就来把官印取走！

这话一出，算和李三较上劲了，而且总督大人保准能赢。想想看，虽然大堂内没有一兵一卒，可是堂外必然布满兵力。大堂的门关着，官印在玻璃罩子里边扣着，总督又坐在堂上瞪圆眼守着，李三能耐再大，怎么取法？再说，门窗全都紧紧关着，怎么进去？钻老鼠洞？

当夜总督大人就这么干了。桌子摆在大堂上，官印放在桌面中央，罩了玻璃罩子；然后叫衙役退出大堂，所有门窗关得严严实实。总督大人自己坐在公案前，燃烛读书，静候飞贼。

从天黑到天亮，总督大人只在近五更时，困倦难熬时略打一个盹，但眨眼间就醒了，整整一夜没听到一点动静。天亮后，打开门窗，阳光射入，仆役们也都进来，只见那方官印还好好摆在那里，纹丝没动。总督大人笑了，说道："燕子李三只是徒有虚名罢了。"

然后，举起双手伸个懒腰，喝口茶漱漱嘴，喷在地上，预备回房休息。

这时，收拾官印的仆人掀开玻璃罩子时，忽然发现官印朝南一面趴一个虫子似的东西，再仔细一看，竟然是一只毛笔画的又小又黑的小燕子！燕子李三画的！

总督大人登时目瞪口呆，猜想是不是自己五更时那个小盹，给了超人燕子李三可乘之机，但门窗是闭着的，他怎么进来怎么出去的？衙门里上上下下没人能猜得出来。

真人能人全在民间，很快民间就有了说法。说李三是在大堂还没关门窗时飞身进来，躲在了大堂正中那块"清正光明"大匾的后边，待到总督大人困极打盹时，下来把事干了，然后重回匾后藏身，天亮门窗一开，趁人不备，飘然而去。

这说法合情合理。可是总督大人纳闷，他当时为什么不拿走官印，只在上边画个小燕子？

人们笑道：官印？李三爷能拿却不拿，就是告诉你，那破东西只有你当宝贝，谁要那个！

狗　不　理

　　天津人讲吃讲玩不讲穿，把讲穿的事儿留给上海人。上海人重外表，天津人重实惠；人活世上，吃饱第一。天津人说，衣服穿给人看，肉吃在自己肚里；上海人说，穿绫罗绸缎是自己美，吃山珍海味一样是向人显摆。天津人反问：那么狗不理包子呢？吃给谁看？谁吃谁美。

　　天津人吃的玩的全不贵，吃得解馋玩得过瘾就行。天津人吃的三大样——十八街麻花耳朵眼炸糕狗不理包子，不就是一点面一点糖一点肉吗？玩的三大样——泥人张风筝魏杨柳青年画，不就一块泥一张纸一点颜色吗？非金非银非玉非翡翠非象牙，可在这儿讲究的不是材料，是手艺，不论泥的面的纸的草的布的，到了身怀绝技的手艺人手里一摆弄，就像从天上掉下来的宝贝了。

　　运河边上卖包子的狗子，是当年跟随他爹打武清来到天津的。他的大名高贵友，只有他爹知道；别人知道的是他爹天天呼他叫他的小名：狗子。那时候穷人家的孩子不好活，都得起个贱名，狗子、狗剩、梆子、二傻、疙瘩等等，为了叫阎王爷听见不当个东西，看不上，想不到，领不走。在市面上谁拿这种狗子当人，有活儿叫他干就是了。他爹的大名也没人知道，只知道姓高，人称他老高；狗子人蔫不说话，可嘴上不说话的人，心里不见得没想法。

老高没能耐，他卖的包子不过一块面皮包一团馅，皮厚馅少，肉少菜多，这种包子专卖给在码头扛活儿的脚夫吃。干重活的人，有点肉就有吃头，皮厚了反倒能搪时候。反正有人吃就有钱赚，不管多少，能养活一家人就给老天爷磕头了。

他家包子这点事，老高活着时老高说了算，老高死了后狗子说了算。狗子打小就从侯家后街边的一家卖杂碎的铺子里喝出肚汤鲜，他就尝试着拿肚汤排骨汤拌馅。他还从大胡同一家小铺的烧卖中吃到肉馅下边油汁的妙处，由此想到要是包子有油，更滑更香更入口更解馋，他便在包馅时放上一小块猪油。之外，还刻意在包子的模样上来点花活，皮捏得紧，褶捏得多，一圈十八褶，看上去像朵花。一咬一兜油，一口一嘴鲜，这改良的包子一上市，像炮台的炮一炮打得震天响。天天来吃包子的比看戏的人还多。

狗子再忙，也是全家忙，不找外人帮，怕人摸了他的底。顶忙的时候，就在门前放一摞一摞大海碗，一筐筷子，买包子的把钱撂在碗里。狗子见钱就往身边钱箱里一倒，碗里盛上十个八个包子就完事，一句话没有。你问他话，他也不答，哪有空儿答？这便招来闲话："狗子行呵，不理人啦！"

别的包子铺干脆骂他"狗不理"，想把他的包子骂"砸"了。

　　狗子的包子原本没有店名，这一来，反倒有了名。人一提他的包子就是"狗不理"。虽是骂名，也出了名。

　　天津卫是官商两界的天下。能不能出大名，还得看是否合官场和市场的口味。

　　先说市场，在市场出名，要看你有无卖点。好事不出门，坏事传千里；好名没人稀罕，骂名人人好奇。狗不理是骂名，却好玩好笑好说好传好记，里边好像还有点故事，狗子再把包子做得好吃，狗不理这骂名反成了在市场扬名立万的大名了！

　　再说官场。三岔河口那边有两三个兵营，大兵们都喜欢吃狗不理包子。这年直隶总督袁世凯来天津，营中官员拜见袁大人，心想大人山珍海味天天吃，早吃厌了，不如送两屉狗不理包子。就叫狗子添油加肉，精工细做，蒸了两屉，赶在午饭时候，趁热送来。狗子有心眼，花钱买好衙门里的人，在袁大人用餐时先送上狗不理。人吃东西时，第一口总是香。袁大人一口咬上去，满嘴流油，满口喷香，大喜说："我这辈子头次吃这么好吃的包子。"营官自然得了重赏。

　　转过几天，袁大人返京，寻思着给老佛爷慈禧带点什么稀罕东西。谁知官场都是同样想法。袁大人想，老佛爷平时四海珍奇，嘛见不着；鱼翅燕窝，嘛吃不到；花上好多钱，太后不新鲜，不如送上几天前在天津吃的那个狗不理包子，就派人办好办精，弄到京城，花钱买好御膳房的人，赶在慈禧午间用餐时，蒸热了最先送上，并嘱咐说："这是袁大人从天津回来特意孝敬您的。"慈禧一咬，喷香流油，勾起如狼似虎的胃口。慈禧一连吃了六个，别的任嘛不吃，还说了这么一句：

“老天爷吃了也保管说好！”

这句话跟着从宫里传到宫外，从京城传到天津。金口一开，天下大吉，狗不理名满四海，直贯当今。

张 大 力

张大力，原名叫张金璧，津门一员赳赳武夫，身强力
蛮，力大没边，故称大力。津门的老少爷们喜欢他，佩服他，夸他。
但天津人有自己夸人的方法。张大力就有这么一件事，当时无人不
晓，现在没人知道，因此写在下边——

侯家后一家卖石材的店铺，叫聚合成。大门口放一把死沉死沉的
青石大锁，锁把也是石头的。锁上刻着一行字：

凡举起此石锁者赏银百两

聚合成设这石锁，无非为了证明它的石料都是坚实耐用的好料。

可是，打石锁撂在这儿，没人举起过，甚至没人能叫它稍稍动一
动，您说它有多重？好赛它跟地壳连着，除非把地面也举到头上去！

一天，张大力来到侯家后，看见这把锁，也看见上边的字，便俯

下身子，使手问一问，轻轻一撼，竟然摇动起来，而且赛摇一个竹篮子，这就招了许多人围上来看。只见他手握锁把，腰一挺劲，大石锁被他轻易地举到空中。胳膊笔直不弯，脸上笑容满面，好赛举着一大把花儿！

众人叫好呼好喊好，张大力举着石锁，也不撂下来，直等着聚合成的伙计老板全出来，看清楚了，才将石锁放回原地。老板上来笑嘻嘻说：

"原来张老师来了，快请到里头坐坐，喝杯茶！"

张大力听了，正色说："老板，您别跟我弄这套！您的石锁上写着嘛，谁举起它，赏银百两，您就快把钱拿来，我还忙着哪！"

谁料聚合成的老板并不理会张大力的话。待张大力说完，他不紧不慢地说道："张老师，您只瞧见石锁上边的字了，可石锁底下还有一行字，您瞧见了吗？"

张大力怔了。刚才只顾高兴，根本没瞧见锁下边还有字。不单他没瞧见，旁人也都没瞧见。张大力脑筋一转，心想别是老板唬他，不想给钱，以为他使过一次劲，二次再举不起来了，于是上去一把又将石锁高高举到头顶上，可抬眼一看，石锁下边还真有一行字，竟然写着：

　　唯张大力举起来不算

把这石锁上边和下边的字连起来，就是：

凡举起此石锁者赏银百两，唯张大力举起来不算

众人见了，都笑起来。原来人家早知道唯有他能举起这家伙。而这行字也是人家佩服自己，夸赞自己——张大力当然明白。

他扔了石锁，哈哈大笑，扬长而去。

洋　相

　　自打洋人开埠，立了租界，来了洋人，新鲜事就入了天津卫。租界这俩字过去没听说过，黄毛绿眼的洋人没见过，于是老城这边对租界那边就好奇上了。

　　开头，天一擦黑，人们就到马家口看电灯，那真叫天津人开了眼。洋人在马家口教堂外立根杆子，上面挂个空心的玻璃球，球上边还罩个铁盘子，用来遮雨。围观的人不管大人小孩全仰着脑袋，张着嘴儿，盯着那个神奇的玻璃球，等着瞧洋人的戏法。天一暗下来，那玻璃球忽地亮了，亮得出奇，直把下边每张脸全都照亮，周围一片也照得像大太阳地，人们全都哎哟一声，好像瞧见神仙显灵了。洋人用嘛鬼花活叫这个玻璃球一下变亮的？

　　再一样，就是冬天里去南门外瞧洋人滑冰。南门外全是水塘河道，天一上冻，结上光溜溜的冰，那些大胡子小胡子和没胡子的洋人就打租界里跑来，在鞋底绑上快刀，到冰上滑来滑去，转来转去，得意之极。他们见中国人聚在河堤上看他们，更是得意，原地打起旋儿来，好比陀螺。有时玩不好，一个趔趄摔屁股蹲儿，或者四仰八叉趴在冰上，引来众人齐声大笑。当时有位文人的一首诗就是写这情景：

> 脚缚快刀如飞龙，
>
> 舒心活血造化功。
>
> 跌倒人前成一笑，
>
> 头南脚北手西东。

　　不久，就有些小子去到租界那边弄洋货，再拿回到老城这边显摆。一天，一个小子搬了个自鸣钟到东北角大胡同的玉生春茶楼上，摆在桌上，上了弦，这就招了一帮人围着看，等着听它打点。到点打钟，钟声悦耳，这玩意儿把天津人镇住了，茶楼上一天到晚都坐满了人，把玉生春的老板美得嘴都闭不上了，说要管那个抱钟来的小子免费喝茶吃东西。没过十天，玉生春又来个中年人，穿戴得体，端着一个讲究的锦缎包，先撂在桌上，再打开包，露出一个挺花哨的鎏金洋盒子，谁也不知干吗用的。只见他也拧了弦，可不打点，盒里边居然叮叮当当奏出音乐，好听得要死。人称这小魔盒为"八音盒子"。这一来，来玉生春喝茶看热闹的人又多一倍，连站着喝茶的也有了。

　　不多时候，老城东门里大街忽然出现一个怪人，像洋人，又不像洋人，中等个，三十边儿上，穿卡腰洋褂子，里边小洋坎肩，领口有只黑绸子缝的蝴蝶，足登高筒小洋靴，头顶宽檐儿小洋帽，一副深色茶镜遮着脸，瞧不出是嘛人。看长相，像洋人，可是再看鼻子小了点。洋人鼻子又高又大前边带钩，俗称"鹰钩鼻子"；这人鼻子小，圆圆好赛小蒜头。

这怪人在街头站了一会儿，忽然打腰里掏出一个小纸盒，从里边抽出一根一寸多长的小细木棍儿，棍儿一头顶着个白头。他举起小木棍儿，从上向下一划，白头一蹭衣褂，嚓的生出火来，把木棍儿引着，令街上的众人一大惊，不知怪人这小棍儿是嘛奇物。怪人待手里的小木棍儿烧到多半，扔在地上，跟着从小盒再抽一根，再划，再生火，再烧，再扔。就这么一连划了十多根，表演完了，嘛话没说，扬长而去。

从此天津人称怪人这种"一划就着"的玩意儿叫"自来火"。

怪人走后十天，又来到东门里大街上，换了穿戴，领口那蝴蝶换只金色的。他又掏出自来火，划着；可这次没扔，而是打口袋又掏出一个纸盒来，这纸盒比自来火那纸盒大一号，上边花花绿绿印了一些外国字；他从盒里抽出一根，这根不是木棍儿，而是小拇指粗细大小白色的纸棍儿，他插在嘴上，使自来火点着，街两边的人吓得捂耳朵，以为要放炮。谁料他点着后不冒火，只冒烟；他嘬了两口，张嘴吐出的也是烟。人们不知他干吗，站在近处的却闻出一股烟叶味，还有股子异香。去过租界的人知道这是洋人抽的烟。原来洋人不抽烟袋，抽这种纸卷的怪烟，烟不放在腰间，藏在衣兜里。

从此天津人称这种洋烟叫"衣兜烟卷"。

这一阵子老城东门里大街上天天聚着一些人，有的人就是等着看这怪人和怪玩意儿。可是他不常露面，一露面就惹得满城风雨。一天，他牵来一只狗。这狗白底黑花，体大精瘦，两耳过肩，长舌垂地，双眼赛凶魔，它从街上一过，连街上的野狗不单吓得一声不出，一连几天不敢露头。

人要出头出名，就该有人琢磨了。这怪人到底是谁，是真洋人还是冒牌货？不久就有两样说法截然相反。一说，他家在西头，父亲卖盐，花钱不愁，近些年父亲总在南边跑买卖，没人管他，他特迷洋人，整天泡在租界里，举手投足都学洋人。另一说，这怪人是地道洋人，刚到租界才一年，觉得老城新鲜，过来逛逛而已，听说还会说一句半句中国话。进而有人说这怪人是英吉利人，叫巴皮。

那时候，天津卫闹新潮，常有人演讲。讲新风，反旧习，倡文明。演讲的地方在估衣街谦祥益对面的总商会，主办是广智馆。一天，总商会又有演讲会，先上来一位先生站在台前，向台下边听众介绍一位来自租界的贵宾。跟着怪人出现了，还是那身穿戴，脖子上的蝴蝶又换成了白底绿格的了。他上来弯下腰手一撇，行个洋礼，说几句洋话。

下边一个学生说："他说的是哪国话？不像英文。我可是学英文的。"

这下人们就议论开了。

下边忽有人叫道："你是叫巴皮吗？"

这怪人好似生怕给别人认错，马上说："我就是巴皮。"

下边人接着问："你打哪儿学的中国话，怎么还是天津味的？"

这话问过，众人一寻思，怪人刚刚说的话还真有点天津口音。

怪人一怔，不好答。下边人又问："你爹是谁？"

怪人又一怔，马上把话跟上说："米斯特·巴皮。"

　　没想到下边问话这人放大嗓门说："小子，睁大眼看看我是谁？我才是你爹！我刚打广东回来。巴皮？巴嘛皮？快把这身洋皮给我扒下来回家！别在这儿出洋相了！"

　　自打这天，天津人管学洋人装洋人的叫作"出洋相"。

　　现在人说的"出洋相"，这典故就是从这件事来的。

认　牙

■■■■　治牙的华大夫，医术可谓顶天了。您朝他一张嘴，不用说哪个牙疼，哪个牙酸，哪个牙活动，他往里瞅一眼全知道。他能把真牙修理得赛假牙一样漂亮，也能把假牙做得赛真牙一样得用。他哪来的这么大的能耐，费猜！

华大夫人善、正派、规矩，可有个毛病，便是记性差，记不住人，见过就忘，忘得干干净净。您昨天刚去他的诊所瞧虫子牙，今儿在街头碰上，一打招呼，他不认得您了，您恼不恼？要说他眼神差，他从不戴镜子，可为嘛记性这么差？也是费猜！

后来，华大夫出了一件事，把这两个费猜的问题全解开了。

一天下晌，巡捕房来了两位便衣侦探，进门就问，今儿上午有没有一个黑脸汉子到诊所来。长相是络腮胡子，肿眼泡儿，挨着右嘴角一颗大黑痣。华大夫摇摇头说："记不得了。"

侦探问："您一上午看几号？"

华大夫回答："半天只看六号。"

侦探说："这就奇了！总共一上午才六个人，怎么会记不住？再说这人的长相，就是在大街上扫一眼，保管也会记一年。告明白你吧，这人上个月在估衣街持枪抢了一家首饰店，是通缉的要犯，您不说，难道跟他有瓜葛？"

华大夫平时没脾气，一听这话登时火起，"啪！"一拍桌子，拔牙的钳子在桌面上蹦得老高。他说："我华家三代行医，治病救人，从不做违背良心的事。记不得就是记不得！我也明白告诉你们，那祸害人的家伙要给我瞧见，甭你们来找我，我找你们去！"

两位侦探见牙医动怒，龇着白牙，露着牙花，不像装假。他们迟疑片刻，扭身走了。

天冷了的一天，华大夫真的急急慌慌跑到巡捕房来。跑得太急，大褂都裂了。他说那抢首饰店的家伙正在开封道上的"一壶春"酒楼喝酒呢！巡捕闻知马上赶去，居然把这黑脸巨匪捉拿归案了。

侦探说："华大夫，您怎么认出他来的？"

华大夫说："当时我也在'一壶春'吃饭，看见这家伙正跟人喝酒。我先认出他嘴角那颗黑痣，这长相是你们告诉我的，可我还不敢断定就是他，天下不会只有一个嘴角长痣的，万万不能弄错！但等到他咧嘴一笑，露出那颗虎牙，这牙我给他看过，记得，没错！我便赶紧报信来了！"

侦探说："我还是不明白，怎么一看牙就认出来了呢？"

华大夫哈哈大笑，说："我是治牙的呀，我不认识人，可认识牙呀！"

侦探听罢，惊奇不已。

这事传出去，人们对他那费猜的事就全明白啦。他记不住人，不是毛病，因为他不记人，只记牙；治牙的，把全部心思都使在牙上，医术还能不高？

好嘴杨巴

　津门胜地，能人如林，此间出了两位卖茶汤的高手，把这种稀松平常的街头小吃，干得远近闻名。这二位，一位胖黑敦厚，名叫杨七；一位细白精朗，人称杨八。杨七杨八，好赛哥俩，其实却无亲无故，不过他俩的爹都姓杨罢了。杨八本名杨巴，由于"巴"与"八"音同，杨巴的年岁长相又比杨七小，人们便错把他当成杨七的兄弟。不过要说他俩的配合，好比左右手，又非亲兄弟可比。杨七手艺高，只管闷头制作；杨巴口才好，专管外场照应，虽然里里外外只这两人，既是老板又是伙计，闹得却比大买卖还红火。

杨七的手艺好，关键靠两手绝活。

一般茶汤是把秫米面沏好后，捏一撮碎芝麻撒在浮头，这样做香味只在表面，愈喝愈没味儿。杨七自有高招，他先盛半碗秫米面，便撒上一次芝麻，再盛半碗秫米面，沏好后又撒一次芝麻。这样一直喝到见了碗底都有香味。

他另一手绝活是，芝麻不用整粒的，而是先使铁锅炒过，再拿擀面杖压碎。压碎了，里面的香味才能出来。芝麻必得炒得焦黄不煳，不黄不香，太煳便苦；压碎的芝麻粒还得粗细正好，太粗费嚼，太细也就没嚼头了。这手活儿别人明知道也学不来。手艺人的能耐全在手上，此中道理跟写字画画差不多。

可是，手艺再高，东西再好，拿到生意场上必得靠人吹。三分活，七分说，死人说活了，破货变好货，买卖人的功夫大半在嘴上。到了需要逢场作戏、八面玲珑、看风使舵、左右逢源的时候，就更指着杨巴那张好嘴了。

那次，李鸿章来天津，地方的府县道台费尽心思，究竟拿嘛样的吃喝才能把中堂大人哄得高兴？京城豪门，山珍海味不新鲜，新鲜的反倒是地方风味小吃，可天津卫的小吃太粗太土；熬小鱼刺多，容易卡嗓子；炸麻花梆硬，弄不好硌牙。琢磨三天，难下决断，幸亏知府大人原是地面上走街串巷的人物，嘛都吃过，便举荐出"杨家茶汤"；茶汤黏软香甜，好吃无险，众官员一齐称好，这便是杨巴发迹的缘由了。

这日下晌，李中堂听过本地小曲莲花落子，饶有兴味，满心欢喜，撒泡热尿，身爽腹空，要吃点心。知府大人忙叫"杨七杨八"献上茶汤。今儿，两人自打到这世上来，头次里外全新，青裤青褂，白巾白袜，一双手拿碱面洗得赛脱层皮那样干净。他俩双双将茶汤捧到李中堂面前的桌上，然后一并退后五步，垂手而立，说是听候吩咐，实是请好请赏。

李中堂正要尝尝这津门名品，手指尖将碰碗边，目光一落碗中，眉头忽地一皱，面上顿起阴云，猛然甩手，"啪"地将一碗茶汤打落在地，碎瓷乱飞，茶汤泼了一地，还冒着热气儿。在场众官员吓懵了，杨七和杨巴慌忙跪下，谁也不知中堂大人为嘛犯怒。

当官的一个比一个糊涂，这就透出杨巴的明白。他眨眨眼，立时猜到中堂大人以前没喝过茶汤，不知道撒在浮头的碎芝麻是嘛东西，一准当成不小心掉上去的脏土，要不哪会有这大的火气？可这样，难题就来了——

倘若说这是芝麻，不是脏东西，不等于骂中堂大人孤陋寡闻，没有见识吗？倘若不加解释，不又等于承认给中堂大人吃脏东西？说不说，都是要挨一顿臭揍，然后砸饭碗子。而眼下顶要紧的，是不能叫李中堂开口说那是脏东西。大人说话，不能改口。必须赶紧想辙，抢在前头说。

杨巴的脑筋飞快地一转两转三转，主意来了！只见他脑袋撞地，"咚咚咚"叩得山响，一边叫道："中堂大人息怒！小人不知道中堂大人不爱吃压碎的芝麻粒，惹恼了大人。大人不记小人过，饶了小人这次，今后一定痛改前非！"说完又是一阵响头。

李中堂这才明白，刚才茶汤上那些黄渣子不是脏东西，是碎芝麻。明白过后便想，天津卫九河下梢，人性练达，生意场上，心灵嘴巧。这卖茶汤的小子更是机敏过人，居然一眼看出自己错把芝麻当作脏土，而三两句话，既叫自己明白，又给自己面子。这聪明在眼前的府县道台中间是绝没有的，于是对杨巴心生喜欢，便说：

"不知道当无罪！虽然我不喜欢吃碎芝麻（他也顺坡下了），但你的茶汤名满津门，也该嘉奖！来人呀，赏银一百两！"

　　这一来，叫在场所有人摸不着头脑。茶汤不爱吃，反倒奖巨银，为嘛？傻啦？杨巴趴在地上，一个劲儿地叩头谢恩，心里头却一清二楚全明白。

　　自此，杨巴在天津城威名大震。那"杨家茶汤"也被人们改称作"杨巴茶汤"了。杨七反倒渐渐埋没，无人知晓。杨巴对此毫不内疚，因为自己成名靠的是自己一张好嘴，李中堂并没有喝茶汤呀！

小杨月楼义结李金鳌

　　民国二十八年，龙王爷闯进天津卫，大小楼房全赛站在水里。三层楼房水过腿，两层楼房水齐腰，小平房便都落得"没顶之灾"了。街上行船，窗户当门，买卖停业，车辆不通，小杨月楼和他的一班人马，被困在南市的庆云戏院。那时候，人都泡在水里，哪有心思看戏？这班子二十来号人便睡在戏台上。

　　龙王爷赖在天津一连几个月，戏班照样人吃马喂，把钱使净，便将十多箱行头道具押在河北大街的"万成当"。等到水退了，火车通车，小杨月楼急着返回上海，凑钱买了车票，就没钱赎当了，急得他闹牙疼，腮帮子肿得老高。戏院一位热心肠的小伙计对他说："您不如去求李金鳌帮忙，那人仗义，拿义气当命。凭您的名气，有求必应。"

　　李金鳌是天津卫出名的一位大锅伙，混混头儿。上刀山、下火海、跳油锅，绝不含糊，死千（编者注：天津地方土语，也是混混儿的行话，表示担当出生入死的差事）一个。虽然黑白道上，也讲规矩讲脸面讲义气，拔刀相助的事，李金鳌干过不少，小杨月楼却从来不沾这号人。可是今儿事情逼到这地步，不去也得去了。他跟随这小伙计到了西头，过街穿巷，抬眼一瞧，怔住了。篱笆墙，栅栏门，几间爬爬屋，大名鼎鼎的李金鳌就住在这破瓦寒窑里？小伙计却截门一声呼："李二爷！"

应声打屋里猫腰走出一个人来，出屋直起身，吓了小杨月楼一跳。这人足有六尺高，肩膀赛门宽，老脸老皮，胡子拉碴；那件灰布大褂，足够改成个大床单，上边还油了几块。小杨月楼以为找错人家，没想到这人说话嘴上赛扣个罐子，瓮声瓮气问道："找我干吗？"口气挺硬，眼神极横，错不了，李金鳌！

进了屋，屋里赛破庙，地上是土，条案上也是土，东西全是东倒西歪；迎面那八仙桌子，四条腿缺了一条，拿砖顶上；桌上的茶壶，破嘴缺把，磕底裂肚，盖上没疙瘩。小杨月楼心想，李金鳌是真穷还是装穷？若是真穷，拿嘛帮助自己？于是心里不抱什么希望了。

李金鳌打量来客，一身春绸裤褂，白丝袜子，黑礼服呢鞋，头戴一顶细辫巴拿马草帽，手拿一柄有字有画的斑竹折扇。他瞄着小杨月楼说："我在哪儿见过你？"眼神还挺横，不赛对客人，赛对仇人。

戏院小伙计忙做一番介绍，表明来意。李金鳌立即起身，拱拱手说："我眼拙，杨老板可别在意。您到天津卫来唱戏，是咱天津有耳朵人的福气！哪能叫您受制、委屈！您明儿晌后就去'万成当'拉东西去吧！"说得真爽快，好赛天津卫是他家的。这更叫小杨月楼满腹狐疑，以为到这儿来做戏玩。

转天一早，李金鳌来到河北大街的"万成当"，进门朝着高高的柜台仰头叫道："告你们老板去，说我李金鳌拜访他来了！"这一句，不单把柜上的伙计吓跑了，也把典当来的主顾吓跑了。老板慌张出来，请李金鳌到楼上喝茶，李金鳌理也不理，只说："我朋友杨老板有几个戏箱押在你这里，没钱赎当，你先叫他搬走，交情记着，咱们往后再说。"说完拨头便走。

当日晌后，小杨月楼带着几个人碰运气赛的来到"万成当"，进门却见自己的十几个戏箱——大衣箱、二衣箱、三衣箱、盔头箱、旗把箱等等，早已摆在柜台外边。小杨月楼大喜过望，竟然叫好喊出声来，这样便取了戏箱，高高兴兴返回上海。

小杨月楼走后，天津卫的锅伙们听说这件事，佩服李金鳌的义气，纷纷来到"万成当"，要把小杨月楼欠下的赎当钱补上。老板不肯收，锅伙们把钱截着柜台扔进去就走。多少亦不论，反正多得多。这事又传到李金鳌耳朵里。李金鳌在北大关的天庆馆摆了几桌，将这些代自己还情的弟兄们着实宴请一顿。

谁想到小杨月楼回到上海，不出三个月，寄张银票到天津"万成当"，补还那笔欠款，"万成当"收过锅伙们的钱，哪敢再收双份，老板亲自捧着钱给李金鳌送来了。李金鳌嘛人？不单分文不取，看也没看，叫人把这笔钱分别还给那帮代他付钱的弟兄。至此，钱上边的事清楚了，谁也不欠谁的了。这事本该了结，可是情没结，怎么结？

转年冬天，上海奇冷，黄浦江冰冻三尺，大河盖上盖儿。甭说海上的船开不进江来，江里的船晚走两天便给冻得死死的，比抛锚还稳当。这就断了码头上脚夫们的生路，尤其打天津去扛活的弟兄们，肚子里的东西一天比一天少，快只剩下凉气了。恰巧李金鳌到上海办事，见这情景，正愁没辙，抬眼瞅见小杨月楼主演《芸娘》的海报，拔腿便去找小杨月楼。

赶到大舞台时，小杨月楼正是闭幕卸装时候，听说天津的李金鳌在大门外等候，脸上带着油彩就跑出来。只见台阶下大雪里站着一条高高汉子。他口呼："二哥！"三步并两步跑下台阶。脚底板冰雪一滑，一屁股坐在地上，仰脸对李金鳌还满是欢笑。

小杨月楼在锦江饭店盛宴款待这位心中敬佩的津门恩人。李金鳌说："杨老板，您喂得饱我一个脑袋，喂不饱我黄浦江边的上千个扛活的弟兄。如今大河盖盖儿，弟兄们没饭辙，眼瞅着小命不长。"

小杨月楼慨然说："我去想办法！"

李金鳌说："那倒不用。您只要把上海所有名角约到一块儿，义演三天就成！戏票全给我，我叫弟兄们自个儿找主去卖，这么做难为您吗？"

小杨月楼说："二哥真行，您叫我帮忙，又不叫我费劲。这点事还不好办吗？"第二天就把大上海所有名角，像赵君玉、周信芳、黄玉麟、刘筱衡、王芸芳、刘斌昆、高百岁等等，全都约齐，在黄金戏院举行义演。戏票由天津这帮弟兄拿到平日扛活的主家那里去卖。这些主家花钱买几张票，又看戏，又帮忙，落人情，过戏瘾，谁不肯？何况这么多名角同台献技，还是《龙凤呈祥》《红鬃烈马》等一些热闹好看的大戏，更是千载难逢。一连三天过去，便把冻成冰棍的上千个弟兄全救活了。

李金鳌完事要回天津，临行前，小杨月楼又是设宴送行。酒足饭饱时，小杨月楼叫人拿出一大包银子，外头拿红纸包得四四方方，送给李金鏊。既是盘缠，也有对去年那事谢恩之意。李金鏊一见钱，面孔马上板起来，沉下来的嗓门更显得瓮声瓮气。他说道："杨老板，我这人，向例只交朋友，不交钱。想想看，您和我这段交情，有来有往，打谁手里过过钱？谁又看见过钱？折腾来折腾去，不都是那些情义吗？钱再多也经不住花，可咱们的交情使不完！"说完起身告辞。

　　小杨月楼叫李金鏊这一席话说得又热又辣，五体流畅。第二天唱《花木兰》，分外的精气神足，嗓门冒光，整场都是满堂彩。

大 关 丁

　　天津是北方头号的水陆码头，什么好吃的都打这儿过，什么好玩的都扎到这儿来。这就把当地的阔少爷们惯坏了。这些爷个个能吃能玩，会吃会玩，讲吃讲玩，还各有一绝，比方北大关丁家的大少爷丁伯钰。

　　丁家原本是浙江绍兴的一个望族，燕王扫北来到天津，祖上在北城外南运河边弄到一个肥差——钞关的主事。这差事就是在河边一坐，南来北往的船只全要向他交钱纳税。不用干活，坐地收钱，眼瞅着金山银山往上长，铜子儿扔着花也花不完。

　　丁家掌管这钞关在城北，人称北大关；丁家这差事世袭，上辈传下辈，只传家人，不传外人，天津人叫他家为"大关丁"。

　　大关丁虽然有钱有势，可是他家的大少爷丁伯钰却非比常人，绝不是酒囊饭袋。他玩有玩的绝门，吃有吃的各色。

　　先说玩，丁伯钰不玩牌不玩鸟不玩狗不玩酒令，他瞧不上这些玩烂了的东西。他脑瓜后边还耷拉一根辫子时，就骑着洋人的自行车，城里城外跑，叫全城的人都傻了眼。

　　据说李鸿章早就听说，海外洋人全都骑这种东西，在大街上往来如梭。后来李鸿章访美，亲眼瞧见了，大呼神奇，还把自行车称作洋人的"木牛流马"。美国人送他一辆，他不敢一试。他不试，谁还敢试？拿回来一直扔在库房里。丁伯钰听到了，心里好奇，就找租界的朋友，花大价钱由西洋进口一辆，拿来就骑，开始时不免摔得人仰车翻，但不出半个月，居然在估衣街上晃悠悠地亮了相。这一亮相，满城皆知。半年后，天津卫城里城外，河东水西，大街小道，全见过这位高大壮实的丁大少爷，骑一辆前后两个轱辘的洋车，灵巧自如，轻如小燕，飞驰街头。他是头一位骑自行车的天津人，一时成了津门一景。

　　这种玩法，除去丁大少，谁还能做到——想到，想到——做到？

　　再说吃。他不爱吃登瀛楼的锅塌里脊不爱吃全聚楼的高丽银鱼不爱吃天丰园的银沙紫蟹不爱吃德昇楼的炒鲤鱼须子，不爱吃广东馆宁波馆京饭庄和紫竹林洋菜馆所有的名菜。在天津这码头上，天下各种口味一概全有，好吃的东西五花八门。酸的、甜的、咸的、咸甜的、酸甜的、辣的、麻的、怪味的、又臭又香的，黏的、酥的、脆的、软的、松的、滑的、面的、焦的、外焦里嫩的、有咬劲的、愈嚼愈带劲的……这些东西，不光吃不过来，看都看不过来。可是丁大少爷口味个别，他顶爱吃一样，这东西吃不腻吃不够，却并不金贵，也不稀罕，街头巷尾到处见，就是——糖堆。

一串蘸糖的山里红，有嘛吃头？穷人解馋吃的，哄孩子吃的，丫头片子吃的，城中顶尖的阔少爷干吗偏吃这个？

人笑他"富人穷嘴"，他不在乎。坐着胶皮车穿过估衣街时，只要看到街口有小贩卖糖堆，立时叫停了车，打发车夫去买一根，坐在车上，大口咔哧咔哧嚼起来。这模样城北的人全都见过。别笑人家丁大少阔没阔相，他说过，糖堆就是一两金子一串，他照吃。由此叫人知道，有钱人就是想干吗就干吗。丁大少拥着金山银山，偏拿着这街头小吃当命了。谁能？

这天，一位打京城来的阔少爷来拜访他。京津两地虽近在咫尺，脾气秉性，吃法活法，连说话说什么都不同。天津人好说八大家，京城的人张口就是老佛爷；天津这里有钱的王八大两辈，京城那里官大一级压死人。今儿一提糖堆，京城阔少问丁大少："这糖堆在我们京城叫作糖葫芦。老佛爷也爱吃糖葫芦，你可知道？"

丁大少摇头。京城阔少神气起来，笑道："老佛爷吃的糖葫芦是仙品，与你们这儿街头货色可是一天一地了。"随后他顺口又说了一句，"现在京城鼓楼前九龙斋饭庄掌勺的王老五，在御膳房里干过，据说就给老佛爷蘸过糖葫芦。"

京城阔少见自己把津门阔少压住了，心里高兴，不再说糖堆的事，换了话题。其实他也就知道这么一点。

可是等京城阔少一走，丁大少马上派两个能人，带许多银子，跑到京城，在鼓楼跟前找到九龙斋饭庄，接着找到王老五，跟着把这退了役却正缺钱的御膳房的厨师请到了天津。向来京城里必须托大官来办的事，在天津卫用银子全能办成办好。

这王老五人矮，微胖，小手，小脚，小鼻子，小耳朵，其貌不扬，也不好说话，可是身上透着一点威严。若不是出身名门，抑或身怀绝技，身上绝没有这般神气。他到丁家院子当中，先支起火炉，架上铁锅，铺好石板和案板，随后把从京城带来的两个大包袱打开，将各种见所未见的干活的家伙，还有花花绿绿、奇香异味的食材，一样一样、有章有法地摆开。这阵势，叫四周围观的男仆女婢全都看傻了眼。丁大少咧开笑嘴，他家当院成了御膳房！

他眼瞅着王老五，一步一步把一串串糖堆做好。他头次见糖堆还能做得这么晶亮悦眼，五彩斑斓，玲珑剔透，好似一串串小花灯。他叫人把蘸好的糖堆送到家中各房，自己挑了新奇俏皮的一串，张口一咬，立时觉得自己就是老佛爷了。原来做皇上这么有口福。可是皇上能吃到的，他使银子不也照样吃到吗？从此，他只要想吃老佛爷吃过的糖葫芦，就用车把王老五从京城拉来。有一次他还在家摆上一桌糖堆宴，把城中一些吃过见过的大人物全请来。一席过后，便将明里暗里笑话他吃糖堆的臭嘴们全堵了。要说天津卫会吃加上会玩的，大关丁的丁大少顶了天。

渐渐，人们把他家这个有钱有势的称号"大关丁"给了他，称他"大关丁"了。

天底下无论坏事好事不会总在一个人身上，这叫物极必反。庚子年间，天降大祸，朝廷内乱，拳民举事，中外恶斗，跟着是聚在紫竹林里的八国联军血洗了天津老城。大关丁家富得惹眼，便被联军抄得精光，此后他家的摇钱树——钞关也不叫干了。一下子，他从天上掉在了地上。这世上的事很奇怪，活在天上的人掉下来好像绝了路，一直在地上的小老百姓反倒没这感觉，该吃就吃，该睡就睡，该干活就干活。

联军屠城后不久，天就凉下来。大关丁只剩几间没烧毁的破屋子，他一家好几口，饥肠饿肚，睡觉没被，没东西可卖。人劝他借贷他不肯，他不肯背债，他明白背上债就像扛上墓碑，一直到见了阎王爷，才卸下身来。

一天，他在估衣街上看见一个卖山里红的老乡。他吃了半辈子糖堆，见了山里红哪能不动心。但这次不是心里一动，而是脑筋一动。他口袋只有几个铜子儿，便买了三五十个山里红，又去杂货店买了一小包糖，回家后切果、剔核、熬糖稀，然后从堆在墙角的苇帘中抽出几根苇秆，剥去干皮，露出白秆，截断削尖，穿果蘸糖，拿到街上一卖，都说好吃，顷刻卖光。他攥着钱又去买山里红、买糖、做糖堆，这么来来去去，跑来跑去，快断绝了的一口气就这么一点点缓过来了。

两个月后，大关丁居然有模有样站在估衣街江西会馆对面一条胡同口卖糖堆了。看样子他有几个钱了。天气凉，他居然穿上了一件二大棉袄，头戴无檐毡帽，脚下蹬兔皮里子的一双毡靴。一根裹着厚厚一圈稻草的木杆上，插满红通通的糖堆。估衣街上平日总有几个卖糖堆的，可人嘴挑好的，很快都认大关丁的了。大关丁的糖堆果大，足实透亮，糖裹得又厚又匀，松脆不粘牙；吃他一串，赛别人两串。

　　快到年底，丁大少手头阔绰些，开始在糖堆上玩起花活儿，夹豆馅的，裹黑白芝麻的，镶上各种干鲜杂果的，愈做愈好愈奇愈精，天津人吃了多少年的糖堆，还没吃过大关丁这些花样翻新的糖堆。这就奇了，他不过一个玩玩闹闹的少爷，哪来的这种能耐？

　　连大关丁家里的人也不知道大少爷的能耐哪儿来的。谁也没想到，不过是当年御厨王老五在他家当院做糖堆时，他在一边拿眼看到的。怎么选果、除核、做馅、熬糖、夹花、配料、削签、穿果、蘸糖等等，他全看在眼里。他那时候并无心偷艺，王老五对这好吃的阔少爷也全无戒心。大少爷好奇便问，王老五有问必答。能人对自己的能耐向来守口如瓶，所以王老五在京城没有知音。到了天津卫大少爷这儿，百无禁忌，便开了河。王老五愈说愈得意，把一生的诀窍全说给了大少爷。大少爷拿糖堆当命，这些话听了自然全都记住。谁想到王老五当年每句话，今天在大关丁手里全成了真刀真枪。

　　大关丁过去是吃糖堆，今天是做糖堆。吃糖堆用嘴，做糖堆用心。一旦用心，能耐加倍。他还将山里红改用北边蓟县的，黄枣改用漳州的，苇秆改用白洋淀的。天津是码头，要什么有什么。大关丁亲口吃过老佛爷的糖葫芦，只有知道那个味儿才能做出那个味儿来。天津又有租界，有洋货，他能知道洋人哪些东西好。他把白糖改为荷兰的冰花糖，不单又甜又香，还分外透亮，看上去每个红果外边都像罩个玻璃泡儿。这些法子，一般小贩哪里知道？过年的时候，大关丁做一种特大糖堆，顶上边的一个果儿特别大。他别出心裁，拿橘子瓣、瓜子仁、青红丝做成一个虎头，一对葡萄当眼珠子，凶猛又喜人。他给这糖堆取名"花里虎"。虎性阳刚，过年辟邪，过年买东西不怕贵，这一下他的糖堆名扬津门。开始时"花里虎"限购每人三支，后来卖得太好，来晚的一支也买不上。

这一来，大关丁又站了起来。

他在钞关长大，懂得做事要讲规矩。他每天必走一条路线，起自针市街，东穿估衣街和锅店街，西至大胡同止。天天下车，按时准到。只是刮风、下雨、三伏天不出来。北门里的富人多，想叫他到那儿去卖，被他婉拒。他说他每天做的东西有限只够估衣街那边的老主顾。他的糖堆是在估衣街上卖出名来的，心里总装着这里的老主顾们。

于是，估衣街上天天能见到他。他富裕起来后，衣装也更像样。小瓜皮帽是用俄国的材料定做的，褂子裤子干干净净。他面有红晕，眸子发光。自己不再担糖堆挑子，专门雇一个人替他担。他大腹便便走在前边，右手不离一根长柄的花鸡毛的掸子。每到一个小胡同口，必朝胡同里边喊一声："堆儿——"

天津人卖糖堆，从来不吆喝"糖堆"两个字，只一个"堆儿——"。

他人高腹圆，嗓门粗，中气足，一声可以直贯胡同深处。如果是死胡同，这个"堆儿"的声音撞到墙还会返回来。

他身上总还有点当年大关丁的派头。

天津人再没人贬他，反而佩服他。人要阔得起，也得穷得起。阔不糟钱，穷就挣钱。能阔也能穷，世间自称雄。

蹬　车

　　■■■■■　老天津卫管骑自行车不叫骑车，叫蹬车。骑车讲究个
模样儿，车不管什么样子，得劲儿就行，于是举膝撅臀，张嘴喝风，
为了快，玩命。那时候人不大懂得交通规矩，也不喜欢循规蹈矩；想
往哪儿去，就往哪儿蹬，于是这些蹬车的人就把一种人当成了自己对
手——交通警。

　　天津人好戏谑，从来和对手不真玩命，只当作玩，斗斗嘴，较较
劲，完事一乐。

　　最能治交通警的是蹬车的大爷。大爷就是大老爷们儿，人老道精
熟，又嘎又损，嘴皮子好使，话茬接得快，句句占上风而且个个好身
手，能把车像马戏团那样玩出彩来，连老警察也怵他们一头。只有那
些刚上岗的小警察不知深浅，想捉弄一下这些大爷，一准叫自己弄得
没面子。

　　那年，天津卫的交通设施更新换代，交警们由街心站岗挪到路边

一个玻璃亭子里，还在街口立了灯杆，装上红绿灯。交警坐在圆圆的岗亭里，隔着玻璃眼观六路，顺手扳扳红绿灯的开关，还躲风避雨，更不怕晒，舒服多了。四面钟岗亭里来了位新交警小陈，白净小脸，晶亮小眼，新衣新帽新岗位，挺神气。这天，小陈见远远一位大爷蹬着车打东边来了。那天天气凉，可这大爷车技好，时不时撒开车把，两手揉擦揉擦冻得发紧的脸皮。小陈知道这大爷是在故意"玩帅"，想演一演车技，逞逞能耐。小陈只装没看见，待车子蹬到路口，小陈忽地一扳开关，绿灯变成禁行的红灯。那时候红绿灯的开关都用手扳。叫你走扳绿灯，不叫你走扳红灯。

大爷一见灯变，马上捏闸，车停了。一般人这么猛一捏闸，车子都得歪在一边，人就得下车。可这大爷厉害，车停住，人不下车，屁股坐在鞍子上，两只脚还踩在蹬子上，那车居然立在那里，不歪不斜，纹丝不动，这手活儿叫定车。小陈见他定车，心想你就定在那儿吧，反正定车的时候不会长，我不变灯，看你怎么办？你能总定在那儿吗？等时候一长，车一歪，人下来，丢人现眼吧。

大爷是老江湖，当然明白这小警察的心思。他定着车非但不动，伸手打衣兜里掏出烟来，划火柴点着，然后把两条胳膊交盘胸前，慢悠悠地抽着烟，等着变灯，就赛坐在家里凳子上那么悠闲。灯愈是不变，他反倒坐得愈稳。车子赛钉子一样钉在街心。

这一来，两人算较上劲儿了，一些路人就停下来看热闹。看这两位——一位守着华容道的小关公和一位市井里的老江湖——究竟谁最终得胜。

红灯不变，谁也不能走，时候一长，事情就变了。停在街上的不只大爷一个，还有愈来愈多的车都停下来走不了，有的急了按铃铛按喇叭，有的嚷起来："警察睡着了？"只有大爷稳稳当当定在那里，好赛没他的事。

面对这局面，到头撑不住的还是小陈，只好扳开关，给绿灯。大爷抬头一瞧灯变绿色，烟卷一扔，双手撂在把上，蹬起车子。车过岗亭时，扭头瞥了这还嫌太嫩的小警察一眼。小陈两眼盯在前边，不敢看他，却能觉出这老家伙得意又嘲弄的目光一扫而过，脸皮火辣辣烧了半天。

再一位栽在大爷手里的，是黄家花园道口岗亭的交警，也是初来乍到的一位小警察，姓尤。这小尤比前边那小陈强多了。小尤是河西谦德庄人，自小在市井里长大，嘴能耐，人不吃亏，到任的两月里碰上过几桩刁难的事，都摆布得漂漂亮亮，人也愈发神气起来。

隆冬一天下晌，他岗亭侧面的道边，一位大爷正在上自行车。车子的后衣架上绑着一捆木头，挺宽，大爷腿短，又穿着厚棉裤，腿跨不过去，连跨几次，没跨上车。眼下这时候正是下班，街上人多车乱，小尤怕大爷碰着，想叫大爷去到人少的地方上车。

小尤心意虽好，可是天津人喜欢正话反说，连逗带损，把话说得俏皮好玩，有哏有乐。他拉开岗亭的玻璃窗，笑嘻嘻对这大爷说：

"大爷，您要想练车，就找个背静的地方去练。"

小尤这话给周边的人听到，真哏，全乐了。

天津卫的大爷向来不会栽在嘴上。嘴上栽了，面子就栽了。这大爷扭头朝小尤说：

"甭瞎操心，没你的事，你自管在你的罐里待着吧。"

罐是指圆圆的岗亭像个罐子。天津人有句俗话："罐里养王八，愈养愈抽抽。"这话谁都知道。

这话更哏，众人又笑，当然也笑这小子不懂深浅，敢去招惹市井的老江湖。小尤这下傻了，张着嘴没话说。

大爷乘兴一跨腿，这下上了车，再一努劲儿，蹬车走了，头也没回。

骑车讲究个模样儿，车不管什么样子，得劲儿就行，
于是举膝撅臀，张嘴喝风，为了快，玩命。

——《蹬车》

大师像

"生命完结了！"

我始终琢磨着他这句话的意味。是一种崩溃一般的绝望，是彻底的摆脱，是灵魂快乐的升腾，还是一句生命的诗。

年轻时我读《普希金传》时，读到这一句，我掉下泪来。

——《普希金为什么决斗？》

因为，这些形象都是在安徒生讲故事时出现的，所以，个个会笑会哭会说话。

——《剪纸与安徒生》

最后的梵高

　　我在广岛的原子弹灾害纪念馆中，见到一个很大的石件，上边清晰地印着一个人的身影。据说这个人当时正坐在广场纪念碑前的台阶上小憩。在原子弹爆炸的瞬间，一道无比巨大的强光将他的影像投射在这石头上，并深深印进石头里边。这个人肯定随着核爆炸灰飞烟灭。然而毁灭的同时却意外地留下一个匪夷所思的奇观。

　　毁灭往往会创造出奇迹。这在大地震后的唐山、火山埋没的庞贝城，以及奥斯威辛与毛特豪森集中营里我们都已经见过。这些奇迹全是悲剧性的，充满着惨烈乃至恐怖的气息。可是为什么梵高却是一个空前绝后的例外，他偏偏在毁灭之中闪耀出无可比拟的辉煌？

　　法国有两个不起眼的小地方，一直令我迷惑又神往。一个是巴黎远郊瓦涅河边的奥维尔，一个是远在南部普罗旺斯地区的阿尔。它们是梵高近乎荒诞人生的最后两个驿站。阿尔是梵高神经病发作的地方，奥维尔则是他疾病难耐，最后开枪自杀之处。但使人莫解的是，梵高于 1888 年 2 月 21 日到达阿尔，12 月发病，转年 5 月住进精神病院；一年后出院前往奥维尔，两个月后自杀。这前前后后只有两年！然而他一生中最杰出的作品却差不多都在这最后两年、最后两个地方，甚至是在精神病反反复复发作中画的。为什么？

于是，我把这两个地方"两点一线"串联起来。先去普罗旺斯的阿尔去找他那个"黄色小屋"，还有圣雷米精神病院；再回到巴黎北部的奥维尔，去看他画过的那里的原野，以及他的故居、教堂和最终葬身的墓地。我要在法国的大地上来来回回跑一千多公里，去追究一下这个在艺术史上最不可思议的灵魂。我要弄个明白。

在梵高来到阿尔之前，精神系统里已经潜伏着发生错乱和分裂的可能。这位有着来自母亲家族的神经病基因的荷兰画家，孤僻的个性中包藏着脆性的敏感与烈性的张力。他绝对不能与社会及群体相融；耽于放纵的思索；孤军奋战那样地在一己的世界中为所欲为。然而，没有人会关心这个在当时还毫无名气的画家的精神问题。

在世人的眼里，一半生活在想象天地里的艺术家们，本来就是一群"疯子"。故此，不会有人把他的喜怒无常，易于激动，抑郁寡言，看作是一种精神疾病早期的作怪。他的一位画家朋友纪约曼回忆他突然激动起来的情景时说："他为了迫不及待地解释自己的看法，竟脱掉衣服，跪在地上，无论怎样也无法使他平静下来。"

这便是巴黎时期的梵高。最起码他已经是非常的神经质了。

梵高于 1881 年 11 月在莫弗指导下画成第一幅画。但是此前此后，他都没有接受任何系统性的绘画训练。1886 年 2 月他为了绘画来到巴黎。这时他还没有确定的画风。他崇拜德拉克洛瓦、米勒、罗梭，着迷于正在巴黎走红的点彩派的修拉，还有日本版画。这期间他的画中几乎谁的成分都有。如果非要说出他的画有哪些特征是属于自己的，那便是一种粗犷的精神与强劲的生命感。而这时，他的精神疾病就已经开始显露出端倪——

1886年他刚来到巴黎时，大大赞美巴黎让他头脑清晰，心情舒服无比。经他做画商的弟弟迪奥介绍，他加入了一个艺术团体，其中有印象派画家莫奈、德加、毕沙罗、高更等等，也有小说家左拉和莫泊桑。这使他大开眼界。但一年后，他便厌烦巴黎的声音，对周围的画家感到恶心，对身边的朋友愤怒难忍。随后他觉得一切都混乱不堪，根本无法作画，他甚至感觉巴黎要把他变成"无可救药的野兽"。于是他决定"逃出巴黎"，去南部的阿尔！

1888年2月他从巴黎的里昂车站踏上了南下的火车。火车上没有一个人知道他的名字。更不会有人知道这个人不久就精神分裂，并在同时竟会成为世界美术史上的巨人。

我从马赛出发的时间接近中午。当车子纵入原野，我忽然明白了一百年前——初到阿尔的梵高那种"空前的喜悦"由何而来。普罗旺斯的太阳又大又圆，在世界任何地方都见不到这样大的太阳。它距离大地很近，阳光直射，不但照亮了也照透了世上的一切，也使梵高一下子看到了万物本质——一种通透的、灿烂的、蓬勃的生命本质。他不曾感受到生命如此的热烈与有力！他在给弟弟迪奥的信中，上百次地描述太阳带给他的激动与灵感。而且他找到了一种既属于阳光也属于他自己的颜色——夺目的黄色。他说："明黄的天空，明亮得几乎像太阳。太阳本身是一号明黄加白。天空的其他部分是一号和二号明黄的混合色。它们黄极了！"这黄色立刻改变了梵高的画，也确立了他的画！

大太阳的普罗旺斯使他升华了。他兴奋之极。于是，他马上想到把他的好朋友高更拉来。他急要与高更一起建立起一间"未来画室"。他幻想着他们共同和永远地使用这间画室，并把这间画室留给后代，留给将来的"继承者们"。他心中充满一种壮美的事业感。他真的租了一间房子，买了几件家具，还用他心中的黄色将房子的外墙漆了一遍。此外又画了一组十几幅《向日葵》挂在墙上，欢迎他所期待的朋友的到来。这种吸满阳光而茁壮开放的粗大花朵，这种"大地的太阳"，正是他一种含着象征意味的自己。

在高更没有到来之前，梵高生活在一种浪漫的理想里。他被这种理想弄得发狂。这是他一生最灿烂的几个月。他的精神快活，情绪亢奋。他甚至喜欢上阿尔的一切：男女老少，人人都好。他为很多人画了肖像，甚至还用高更的笔法画了一幅《阿尔的女人》。梵高在和他的理想恋爱。于是这期间，他的画——比如《繁花盛开的果园》《沙滩上的小船》《朗卢桥》《圣玛丽的农舍》《罗纳河畔的星夜》等等，全都出奇的宁静，明媚与柔和。对于梵高本人的历史，这是极其短暂又特殊的一个时期。

其实从骨子里说，所有的艺术家都是一种理想主义者。或者说理想才是艺术的本质。但危险的是，他把另一个同样极有个性的画家——高更，当作了自己理想的支柱。

在去往阿尔的路上，我们被糊里糊涂的当地人指东指西地误导，待找到拉马丁广场，已经完全天黑。这广场很大，圆形的，外边是环形街道，再外边是一圈矮矮的小房子。黑黑的，但全都亮着灯。几个开阔的路口，通往四外各处。我们四下去打听拉丁马广场 2 号——梵高的那个黄色的小楼。但这里的人好像还是一百年前的阿尔人，全都说不清那个叫什么梵高的人的房子究竟在哪里。最后问到一个老人，那老人苦笑一下，指了指远处一个路口便走了。

我们跑到那里，空荡荡一无所有。仔细找了找，却见一个牌子立着。呀，上边竟然印着梵高的那幅名作《在阿尔的房子》——正是那座黄色的小楼！然而牌子上的文字说这座小楼早在二战期间毁于战火。我们脚下的土地就是黄色小楼的遗址。这一瞬，我感到一阵空茫。我脑子里迅速掠过 1888 年冬天这里发生过的事——高更终于来到这里。但现实总是破坏理想的。把两个个性极强的艺术家放在一起，就像把两匹烈马放在一起。两人很快就意见相左；跟着从生活方式到思想见解全面发生矛盾；于是天天争吵，时时酝酿着冲突，并发展到水火不容的境地。于是理想崩溃了。那个梦幻般的"未来画室"彻底破灭。潜藏在梵高身上的精神病终于发作。他要杀高更。在无法自制的狂乱中，他割下自己的耳朵。随后是高更返回巴黎，梵高陷入精神病中无以自拔。他的世界就像现在我眼前的阿尔，一片深黑与陌生。

我同来的朋友问："还去看圣雷米修道院里的那个神经病院吗？不过现在太黑，去了恐怕什么也看不见。"

我说："不去了。"我已经知道，那座将梵高像囚徒般关闭了一年的医院，究竟是什么气息了。

在梵高一生写给弟弟迪奥的八百封信件里，使我读起来感到最难受的内容，便是他与迪奥谈钱。迪奥是他唯一的知音和支持者。他十年的无望的绘画生涯全靠着迪奥在经济上的支撑。迪奥是个小画商，手头并不宽裕，尽管每月给梵高的钱非常有限，却始终不弃地来做这位用生命祭奠艺术的兄长的后援。这就使梵高终生被一种歉疚折磨着。他在信中总是不停地向迪奥讲述自己怎样花钱和怎样节省。解释生活中哪些开支必不可少。报告他口袋里可怜巴巴的钱数。他还不断地做出保证，决不会轻易糟蹋掉迪奥用辛苦换来的每一个法郎。如果迪奥寄给他的钱迟了，他会非常为难地诉说自己的窘境。说自己怎样在用一杯又一杯的咖啡，灌满一连空了几天的肚子；说自己连一尺画布也没有了，只能用纸来画速写或水彩。当他被贫困逼到绝境的时候，他会恳求地说："我的好兄弟，快寄钱来吧！"

但每每这个时候，他总要告诉迪奥，尽管他还没有成功，眼下他的画还毫不值钱，但将来一定有一天，他的画可以卖到200法郎一幅。他说那时"我就不会对吃喝感到过分耻辱，好像有吃喝的权利了"。

他向迪奥保证他会愈画愈好。他不断地把新作寄给迪奥来作为一种"抵债"。他说将来这些画可以使迪奥获得一万法郎。他用这些话鼓舞弟弟，他害怕失去支持；当然他也在给自己打气。因为整个世界没有一个人看上他的画。但今天——特别是商业化的今天，为什么梵高每一个纸片反倒成了"全人类的财富"？难道商业社会对于文化不是充满了无知与虚伪吗？

故此在他心中，苦苦煎熬着的是一种自我的怀疑。他对自己"去世之后，作品能否被后人欣赏"毫无把握。他甚至否认成功的价值乃至绘画的意义。好像只有否定成功的意义，才能使失落的自己获得一点虚幻的平衡。自我怀疑，乃是一切没有成功的艺术家最深刻的痛苦。他承认自己"曾经给一种不可抗拒的力量挫败过"。在这种时候，他便对迪奥说："我宁愿放弃画画，不愿看着你为我赚钱而伤害自己的身体！"

他一直这样承受着精神与物质的双重的摧残。

可是，在他"面对自然的时候，画画的欲望就会油然而生"。在阳光的照耀下，世界焕发出美丽而颤动的色彩，全都涌入他的眼睛；天地万物勃发的生命激情，令他战栗不已。这时他会不顾一切地投入绘画，直至挤尽每一支铅管里的油彩。

当他在绘画里，会充满自信，忘乎所以，为所欲为；当他走出绘画回到了现实，就立刻感到茫然，自我怀疑，自我否定。他终日在这两个世界中来来回回地往返。所以他的情绪大起大落。他在这起落中大喜大悲，忽喜忽悲。

从他这大量的"心灵的信件"中，我读到——

他最愿意相信的话是福楼拜说的："天才就是长期的忍耐。"

他最想喊叫出来的一句话是："我要作画的权利！"

他最现实的呼声是："如果我能喝到很浓的肉汤，我的身体马上会好起来！当然，我知道，这种想法很荒唐。"

如果着意地去寻找，会发现这些呼喊如今依旧还在梵高的画里。

梵高于1888年12月23日发病后，病情时好时坏，时重时轻，一次次住进医院。这期间他会忽然怀疑有人要毒死他，或者在同人聊天时，端起调颜色的松节油要喝下去；后来他发展到在作画的过程中疯病突然发作。1889 年 5 月他被送进离阿尔一公里的圣雷米神经病院，成了彻头彻尾的精神病人。但就在这时，奇迹出现了。梵高的绘画竟然突飞猛进。风格迅速形成。然而这奇迹的代价却是一个灵魂的自焚。

他的大脑弥漫着黑色的迷雾。时而露出清明，时而一片混沌。他病态的神经日趋脆弱；乱作一团的神经刚刚出现一点头绪，忽然整个神经系统全部爆裂，乱丝碎絮般漫天狂舞。在贫困、饥饿、孤独和失落之外，他又多了一个恶魔般的敌人——神经分裂。这个敌人巨大，无形，粗暴，骄横，来无影去无踪，更难于对付。他只有抓住每一次发病后的"平静期"来作画。

在他生命最后一年多的时间，他被这种精神错乱折磨得痛不欲生，没有人能够理解。因为真正的理解只能来自自身的体验。癫痫、忧郁、幻觉、狂乱，还有垮掉了一般的深深的疲惫。他几次在"灰心到极点"时都想到了自杀。同时又一直否定自己真正有病来平定自己。后来他发现只有集中精力，在画布上解决种种艺术的问题时，他的精神才会舒服一些。他就拼命并专注地作画。他在阿尔患病期间作画的数量大得惊人。一年多，他画了二百多幅作品。但后来愈来愈频繁的发病，时时中断了他的工作。他在给迪奥的信中描述过：他在画杏花时发病了，但是病好转之后，杏花已经落光。神经病患者最大的痛苦是在清醒过来之后。他害怕再一次发作，害怕即将发作的那种感觉，更害怕失去作画的能力。他努力控制自己"不把狂乱的东西画进画中"。他还说，他已经感受到"生之恐怖"！这"生之恐怖"便是他心灵最早发出的自杀的信号！

　　然而与之相对的，却是他对艺术的爱！在面对不可遏止的疾病的焦灼中，他说："绘画到底有没有美，有没有用处，这实在令人怀疑。但是怎么办呢？有些人即使精神失常了，却仍然热爱着自然与生活，因为他是画家！""面对一种把我毁掉的、使我害怕的病。我的信仰仍然不会动摇！"

　　这便是一个神经错乱者最清醒的话。他甚至比我们健康人更清醒和更自觉。

　　梵高的最后一年，他的精神的世界已经完全破碎。一如大海，风暴时起，颠簸倾覆，没有多少平稳的陆地了。特别是他出现幻觉的症状之后（1889年2月），眼中的物象开始扭曲，游走，变形。他的画变化得厉害。一种布满画面蜷曲的线条，都是天地万物运动不已的轮廓。飞舞的天云与树木，全是他内心的狂飙。这种独来独往的精神放纵，使他的画显示出强大的主观性；一下子，他就从印象派画家马奈、莫奈、德加、毕沙罗等等所受的客观的和视觉的约束中解放出来。但这不是理性的自觉，而恰恰是精神病发作之所致。奇怪的是，精神病带来的改变竟是一场艺术上的革命；印象主义一下子跨进它光芒四射的后期。这位精神病患者的画非但没有任何病态，反而迸发出巨大的生命热情与健康的力量。

　　对于梵高这位来自社会底层的画家，他一生都在对米勒崇拜备至。米勒对大地耕耘者纯朴的颂歌，唱彻了梵高整个艺术生涯。他无数次地去画米勒《播种者》那个题材。因为这个题材最本质地揭示着大地生命的缘起。故此，燃起他艺术激情的事物，一直都是阳光里的大自然，朴素的风景，长满庄稼的田地，灿烂的野花，村舍，以及身边寻常和勤苦的百姓们。他一直呼吸着这生活的元气，并将自己的生命与这世界上最根本的生命元素融为一体。

当患病的梵高的精神陷入极度的亢奋中，这些生命便在他眼前熊熊燃烧起来，飞腾起来，鲜艳夺目，咄咄逼人。这期间使他痴迷并一画再画的丝杉，多么像是一种从大地冒出来的巨大的生命火焰！这不正是他内心一种生命情感的象征吗？精神病非但没有毁掉梵高的艺术，反而将他心中全部能量一起爆发出来。

或者说，精神病毁掉了梵高本人，却成就了他的艺术。这究竟是一种幸运，还是残酷的毁灭？

令人匪夷所思的是，这种精神病的程度"恰到好处"。他在神智上虽然颠三倒四，但色彩的法则却一点不乱。他对色彩的感觉甚至都是精确之极。这简直不可思议！就像双耳全聋的贝多芬，反而创作出博大、繁复、严谨、壮丽的《第九交响乐》。是谁创造了这种艺术史的奇迹和生命的奇迹？

倘若他病得再重一些，全部陷入疯狂，根本无法作画，美术史便绝不会诞生出梵高来。倘若他病得轻一些，再清醒和理智一些呢？当然，也不会有现在这个在画布上电闪雷鸣的梵高了。

它叫我们想起，大地震中心孤零零竖立的一根电杆，核爆炸废墟中唯一矗立的一幢房子。当他整个神经系统损毁了，唯有那根艺术的神经却依然故我。

这一切，到底是生命与艺术共同的偶然，还是天才的必然？

1890年5月梵高到达巴黎北郊的奥维尔。在他生命最后的两个月里，他贫病交加，一步步走向彻底的混乱与绝望。他这期间所画的

《奥维尔的教堂》《有杉树的道路》《蒙塞尔茅屋》等等，已经完全是神经病患者眼中的世界。一切都在裂变、躁动、飞旋与不宁。但这种听凭病魔的放肆，却使他的绘画达到绝对的主观和任性。我们健康人的思维总要受客观制约，神经病患者的思维则完全是主观的。于是他绝世的才华，刚劲与烈性的性格，艺术的天性，得到了最极致的宣泄。一切先贤偶像、艺术典范、惯性经验，全都不复存在。人类的一切创造都是对自己的约束。但现在没有了！面对画布，只有一个彻底的自由与本性的自己。看看《奥维尔乡村街道》的天空上那些蓝色的短促的笔触，还有《蓝天白云》那些浓烈的、厚厚的、挥霍着的油彩，就会知道，梵高最后涂抹在画布上的全是生命的血肉。唯其如此，才能具有这样永恒的震撼。

这是一个真正的疯子的作品。也是旷古罕见的天才的杰作。

除了他，没有任何一个神经病患者能够这样健康地作画；除了他，没有任何一个艺术家能够拥有这样绝对的非常态的自由。

我们从他最后一幅油画《麦田群鸦》，已经看到他的绝境。大地乌云的倾压下，恐惧、压抑、惊栗，预示着灾难的风暴即将来临。三条道路伸往三个方向，道路的尽头全是一片迷茫与阴森。这是他生命中最后一幅逼真而可怕的写照。也是他留给世人一份刺目的图像的遗书。他给弟弟迪奥的最后一封信中说："我以生命为赌注作画。为了它，我已经丧失了正常人的理智。"在精疲力竭之后，他终于向狂乱的病魔垂下头来，放下了画笔。

1890年7月27日他站在麦田中开枪自杀。被枪声惊起的"扑喇喇"的鸦群，就是他几天前画《麦田群鸦》时见过的那些黑黑的乌鸦。

随后，他在奥维尔的旅店内流血与疼痛，忍受了整整两天。29日死去。离开了这个他疯狂热爱却无情抛弃了他的冷冰冰的世界，冰冷而空白的世界。

我先看了看他在奥维尔的那间住房。这是当年奥维尔最廉价的客房，每天租金只有3.5法郎。大约7平方米。墙上的裂缝，锈蚀的门环，沉黯的漆墙，依然述说着当年的境况。从坡顶上的一扇天窗只能看到一块半张报纸大小的天空。但我忽然想到《哈姆雷特》中的一句台词："即使把我放在火柴盒里，我也是无限空间的主宰者。"

梵高一生中最后住过的屋子

从这小旅舍走出，向南经过奥维尔教堂，再走五百米，就是他的墓地。这片墓地在一片开阔的原野上。使我想到梵高画了一生的那种浑厚而浩瀚的大地。他至死仍旧守望着这一切生命的本土。墓地外只圈了一道很矮的围墙。三百年来，当奥维尔人的灵魂去往天国之时，都把躯体留在这里。梵高的坟茔就在北墙的墙根。弟弟迪奥的坟墓与他并排。大小相同，墓碑也完全一样，都是一块方形的灰色的石板，顶端拱为半圆。上边极其简单地刻着他们的姓名与生卒年月。没有任何雕饰，一如生命本身。迪奥是在梵高去世后的半年死去的。他生前身后一直陪伴这个兄长。他一定是担心他的兄长在天国也难于被理解，才匆匆跟随而去。

一片浓绿的常春藤像一块厚厚的毯子，把他俩的坟墓严严实实遮盖着。岁月已久，两块墓碑全都苔痕斑驳。唯一不同的是梵高的碑前总会有一束麦子，或几朵鲜黄的向日葵。那是来自世界各地的人们献上去的。但没有人会捧来艳丽而名贵的花朵。梵高的敬仰者们都知道他生命的特殊而非凡的含义，他生命的本质及其色彩。

梵高的一生，充满世俗意义上的"失败"。它名利皆空，情爱亦无，贫困交加，受尽冷遇与摧残。在生命最后的两年，他与巨大而暴戾的病魔苦苦搏斗，拼死为人间换来了艺术的崇高与辉煌。

如果说梵高的奇迹，是天才加上精神病；那么，梵高至高无上的价值，是他无与伦比的艺术和为艺术而殉道的伟大的一生。

真正的伟大的艺术，都是作品加上他全部的生命。

梵高的墓碑

神童·巨匠·上帝

■■■■　一位伟人是一个永不终结的话题，一个真正的天才是一堆无法破解的问号，一段华彩的历史是一种愈久远愈强烈的诱惑。

我带着这些感受，面对着莫扎特时，心中却生出更多的话题与问题。

关于神童

我一直认为，神童不一定是天才。多数神童只是一种早熟。等到同时代的人都成熟之后，早熟的神童未必继续成长，最后成龙成凤成为巨人。真正天才的童年常常是一片混沌，没有奇迹发生；早熟的闪闪发光的童子们，却在成年之后大都消失在苍茫的众生之中。然而，这之中莫扎特是不可思议的一个例外。因为他先是神童，后是巨匠。

几个与孩提时代的莫扎特接触过的人提到的一些事，对我们认识这位神童非常有价值——

一位是莫扎特父亲雷奥波尔德的朋友、宫廷乐师萨何特奈。他有一把小提琴，音色轻柔圆润，小莫扎特凭感觉给这把提琴一个爱称——"奶油小提琴"。一次小莫扎特要过这提琴，试拉几下，赞不绝口。但过几天，小莫扎特对萨何特奈说："你的小提琴的音调比我的低八分之一。"萨何特奈笑了，不大相信这个仅仅7岁的孩子有如此精准的听力。但他拿来提琴再试，果然是这样。这使得萨何特奈非常惊讶。

另一位是法国男爵格里姆。他谈及他对这位奇才的一些耳闻目见时说，一位贵妇人要唱一首意大利歌曲，请7岁的小莫扎特伴奏。莫扎特根本不知道这首歌曲。妇人歌唱时，他试着用低声部伴奏。一遍过去，再重唱时，他已经毫不费力地弹奏这支歌曲了。随后，贵妇人唱了十遍，每一次小莫扎特都即兴地改变伴奏的特色和方式，决不重复。这使在场的人为之惊喜与心欢。

还有一位名叫巴林顿。他是英国的考古学家。在伦敦，他冷静地观察过这位轰动了整个欧洲的神童。他说8岁的小莫扎特在即兴创作上还"谈不到惊人"，但是他"经常有许多灵感，一有灵感便立即弹奏，在深夜里也是如此"，还说他一坐到钢琴前灵感就如同"泉涌"。巴林顿的关注点很重要。他不去看小莫扎特的技巧如何，而是看他的天赋。

巴林顿说，他怀疑过莫扎特的父亲隐瞒了他的年龄。他曾用苛刻和挑剔的目光审视小莫扎特的一举一动，但这位神童只要离开钢琴，就充满了孩子可爱的稚气和率真。一次演奏时，突然走来一只猫，他便停下来去追猫。欣赏他演奏的人等了半天，最后把他抱回到钢琴前，他才继续弹奏他的乐曲。

从中，我们认识到真正的神童决不是早熟，不是超前地完成只有成人才能做到的事。早熟的孩童决不会成为一个巨匠，早熟不是天才。真正的神童具有一种超凡脱俗的资质，一种悟性和灵性，一种可能成为卓越人才的天资。

然而，世人不会这样对待神童的。在莫扎特的父亲雷奥波尔德带着他周游欧洲时，各国的王公贵族像争看一只珍禽异兽那样，簇拥着小莫扎特。人们对这个精灵一般的小孩子，能把许多技术高难的乐曲轻快地演奏出来而惊叹不已。很少有人把他绝世的悟性、超人的音乐记忆力和对声音的神奇的敏感与想象，当作上苍对人类的恩赐，百般呵护，给予帮助。这往往就是莫扎特最终陷入悲剧中的根由。

为此，莫扎特告别了童年之后，便马上陷入困境。当神童的光环消失了，人们开始用一种对待成人的世俗的标准来要求他和衡量他，那就是看他名气、财富、地位和背景到底怎么样。社会决不会轻易地承认一个人的。正像巴尔扎克所说："当树苗破土而出时，所有的脚都把它踩在下边；当树苗长成参天大树时，所有的脑袋又都想到树下乘凉。"

这是每一个神童都要碰到的问题。真正扼杀神童的是人间。而莫扎特碰到的问题要严峻得多呢！

走出大主教的阴影

在莫扎特故居的一面墙上，挂着两幅大主教的画像。一位是施拉坦巴赫大主教，一位是科罗莱多大主教。这两位主教都是莫扎特必须绝对服从的主人。

莫扎特的父亲雷奥波尔德是大主教的宫廷乐师，小莫扎特在12岁时也被任命为宫廷乐师。他们的工作除了为大主教演奏之外，还要为各种盛典作曲以及创作宗教音乐。他们不能随心所欲地写作，但大主教可以给予他们生活必需的薪水和额外的赏赐。

大主教对他们喜欢与否，就决定了他的一切。

然而，这两位主教对他的态度刚好相反，前者对他恩宠有加，几乎是他的资助者。后者心胸狭窄，刻板僵化，百般地刁难与折磨着莫扎特。而后一位主教上任时，他15岁，正是告别"神童"而进入生存竞争的时候。

一生都在侍奉大主教的雷奥波尔德深知他这个"神童"儿子，很可能在大主教的世界里被扼杀。他一直都在致力地做两件事。一是带着小莫扎特周游天下，让世界认识他，也让他见识世界。二是设法在一个显要的地方为儿子谋求一个职位，让儿子走出大主教主宰的狭窄又沉闷的萨尔茨堡。

雷奥波尔德本人是缺少过人的才华却深谙艺术的琴师。他为儿子付出的努力，为莫扎特最终成为人类音乐巨匠奠定了牢靠的基石。从6岁到15岁，父亲带着他一次次地出游与巡演。从德国、法国、荷兰、比利时、英国到意大利，不仅让全欧洲都知道乐坛升起一颗奇异的晨星，也使小莫扎特听到全世界各种各样美妙的声音，结识到形形色色的艺术家与大师，并以他非凡的音乐感受力将德国、法国、意大利的不同流派的音乐生机勃勃融入自己的心灵。

一个天才的能力首先是吸收力。这种能力与生俱来，一切都在不知不觉之中。小莫扎特正是在这种世界性的音乐遨游中，拥有了一个大师必备的境界。

然而，雷奥波尔德为儿子在萨尔茨堡之外谋求职位的种种计划总是一筹莫展。在那个时代，还没有自由职业的音乐家，他们都要依附于宫廷或教会。从凡尔赛宫到白金汉宫，从玛丽亚女皇到罗马教皇，莫扎特得到的只是惊讶、掌声、亲吻，一个个充满珠光宝气的欢迎的场面，还有恩赐给他的贵重的宫廷礼服与金骑士勋章以及种种精美的小礼物。但官场上火红的场面从来都是转瞬即逝，或者只为了热闹一时，过后没人肯收留这个音乐天才。

雷奥波尔德为儿子谋职的努力，在科罗莱多大主教的时代更是难上加难。大主教不单给莫扎特各种限制，连雷奥波尔德打算外出为儿子想想办法，也遭到大主教一连三次的拒绝。

1776年，进入了20岁的莫扎特感到十分压抑。音乐需要自由的心灵，但他的心灵被锁着。他彷徨无措，不知道从哪里可以得到帮助。他曾寄希望在意大利认识的音乐大师马蒂尼拉他一把。马蒂尼对莫扎特十分赏识，但这一次马蒂尼的回信也有些冷淡。

莫扎特决定离开萨尔茨堡，但是去往哪里却是一片空茫。1777年8月1日，忍无可忍的莫扎特把一份辞呈交给科罗莱多大主教。本来，这份辞呈对于大主教是含有"冒犯"意味的，没想到这位喜怒无常、刚愎自用的大主教马上表示同意，并说"根据《福音》的规定，准予别处谋生"。

一只鸟终于飞出牢笼，但不知飞向何处。

清贫与自由是天生的一对搭档

在莫扎特心中，巴黎是热烈的、激情的、友善的。他第一次去巴黎的印象一片辉煌。但再次来到巴黎，却受尽冷落与贫困，感受到人世间的炎凉多变。陪同他一起生活的母亲也病死他乡，埋葬在陌生的法兰西的土地上。

1779年他顺从父亲的愿望返回到萨尔茨堡，继续为大主教担任宫廷的管风琴师。权势强大的大主教在心理上得到了满足。因此，对待莫扎特的歧视愈加肆无忌惮。他不准莫扎特外出，不准私自演出，只能写大主教交给他的"奉命之作"。生活一如囚禁。这就迫使莫扎特在一次与大主教尖锐的冲突中愤然而去。

如果说上次莫扎特离开萨尔茨堡带有一些盲目性，这一次却是纯理性的选择。莫扎特在巴黎过了近两年的"自由"生活，他知道"自由"意味着什么，要付出怎样的代价！生活要从一无所有开始，全部事情都是孤立无助。而作曲家天生就是被动的。如果没有人来预约，写作很难开始；如果没有人来赏识，任何迷人的旋律都是无声的，一动不动地趴在手稿上。但实际生活的一切，却一样也不能回避。空着肚皮连一夜也熬不过去。

一边是煌煌闪烁的金丝笼子，里边有精美的食物，但终日被幽闭在这巴掌大的世界里，所有婉转鸣唱只是为了赐给你衣食的人去欣赏；一边是无边无际的天地可以自由飞翔，但空旷寂寥，有风有雨，饥寒交迫，生死未卜。然而，生活逼你选择的，都是难于选择的。温饱与平庸，清贫与自由，从来都是一对搭档。而自由不是毫无承担的随心所欲——对于莫扎特来说——是为了人格的独立、心灵的毫无羁绊与才华淋漓尽致的发挥。

从1781年他去到维也纳，到1791年病逝，这短短的十年里，他的生活在庸人的眼里一片缭乱不堪。一会儿作品获得成功，掌声如雷；一会儿演出遭到冷遇，万籁俱寂。莫扎特从小受宠，花钱随便，生活完全没有计划。他的爱妻康丝丹采根本不会理家，又体弱多病，还不断地生儿育女，家庭的经济频频告急。他只好不时地向周围的朋友们鞠躬求助，以至身后留下一些向友人借钱的信件，句句都带着再三的恳求与掬着笑脸的殷勤，令人读罢，叹息不已。这就是历史上第一位自由职业音乐家最真实的生活了。

在熟悉莫扎特的一些人看，莫扎特太单纯、太直率和容易上当，毫无争名夺利的心机和手段，全然不知世道的艰辛与人间的险恶。为此，他在现实中常常陷入被动，茫然无措。

尽管他不喜欢教学生，为了生活他还是要耐着性子等待着那些有钱的太太小姐们慢吞吞地来上课。经济的拮据，使他的孩子们个个面黄肌瘦，六个孩子中活下来的只有两个。

但不管生活怎么艰辛，莫扎特总是快乐的，这是他的天性。据说冬天里，屋中没有炉火，他经常跳舞来取暖。这些生活其实都在他的乐曲里——虽然有时也会掠过一些伤感，他却把心中所有的光明全部倾注到那些灿烂的乐曲中。他一边吞食着生活的苦果，一边写着爱之歌。他一生最重要的作品，那些协奏曲、室内乐和交响曲，还有歌剧《费加罗婚礼》《唐璜》《魔笛》等等，都是在这穷苦又自由的日子里写下来的。记得前年我在俄罗斯克林市柴可夫斯基的故居里，看见过莫扎特的作品全集。柴可夫斯基是莫扎特的崇拜者。面对着那样巨大的上百卷《莫扎特全集》，我震惊不已。一个只活了35岁的人，怎么可能写出如此浩瀚又如此精湛的作品！

正是这样，摘下了神童光环的莫扎特，却戴上了巨匠的花冠。在这之间，他付出的是全部青春与生命。

在他去世之前的三个月（1791年9月），已经感到精疲力竭，身体衰弱难支，黑色的死亡在前边等候他。他留下这样一段话：

"我还没有享尽我的才华，就要告别人世！生活那么美好，事业蒸蒸日上，前景一片灿烂。但人无法改变命运。谁也无法测定自己的日子有多长，那就听天由命吧！让上帝安排命运。这是我的挽歌。我要写完它！"

当年12月5日他在维也纳去世。死前没有人为他祈祷，他很平静。但有一个细节令人惊异。当时，他妻子的妹妹苏菲在他床边，她说："他在生命的最后一息，还用嘴唇模仿《安魂曲》在动。我听见了。"

音乐与他同生，并伴他到了最后一刻。

莫扎特死后，只有几个亲友为他送行。死后放在一个公共墓地里群葬，连墓碑也没有。送葬的亲友默默流泪，祝他灵魂升入天国，见到上帝。

他是否到达天国没人知道，人们却知道他把天国之音留在了人间。

他是否见到上帝没人知道，今天的萨尔茨堡人已经把他当作了音乐的上帝。

他们为莫扎特做了什么？

在萨尔茨堡，我很关心的一个问题是，萨尔茨堡人为莫扎特做了什么？

莫扎特音乐学院院长哈斯博士给我的回答，把我引入一个崭新而深刻的认识境界中。

这位院长来自德国，是一位戏剧家兼教授。他个子不高，结实有力。穿一件黑色的长外衣，头戴窄沿的软帽。他带领我从盐河东岸的莫扎特音乐学院一直走到西岸的大教堂，然后再回到音乐学院，一路上全是莫扎特生活过的地方。连莫扎特常坐在那里喝咖啡的小店也依然还在。哈斯博士边看边讲。他用历史遗存作为见证来讲述一百五十年来萨尔茨堡为莫扎特所做的一切。

他说在莫扎特的时代，萨尔茨堡的大教堂一带就像北京的紫禁城。教堂神圣至上，每个人都想在教堂里拥有一个位置。然而，莫扎特只是效力于教堂的乐师。在那个时代，宗教可以决定甚至改变艺术家与艺术。所以教堂内外只有圣人和上帝的雕像，没有艺术家的雕像，萨尔茨堡城中也没有。

但是莫扎特改变了这一切。

他一生都与宗教斗争，要成为独立的艺术家。他要由自己决定自己的写作，而不是宗教。这种想法改变了自古以来的历史，使艺术改变了内涵。所以他是这座城市的英雄。

早在19世纪中叶，人们就设想把莫扎特的雕像竖立在老城中央的一个广场上，本来雕像应在纪念莫扎特逝世五十周年时建成。由于在施工时发现了罗马时代遗留的马赛克地砖而暂停延误。转年（1842年9月5日）举行剪彩仪式。莫扎特的两个儿子卡尔和弗朗兹也参加了这个伟大的纪念活动。饶有深意的是，这个站立在白色大理石台座上的莫扎特青铜雕像的设计具有英雄的内含。莫扎特面朝教堂，默默直视。他一手拿着谱纸，一手紧捏着笔——那是艺术家思想的武器。据说，同时期德国人所树立的歌德与席勒的雕像也是如此。

这座雕像是一种历史的象征。更是一种历史转变的象征。以前音乐家为教堂为上帝服务，现在音乐家自己成为乐神，成为上帝。音乐和音乐家独立了，这便是莫扎特伟大的象征意义。

如今这个广场被称作莫扎特广场，也是世界各国的人们来到这座音乐之城做文化朝圣的中心。1997年联合国教科文组织授予萨尔茨堡为"世界文化遗产"的石牌，就被他们镶在雕像前的地面上，以显示莫扎特在这座城中精神的价值。

当一座城市认识到自己的英雄，这座城市的精神就升华了。

普希金为什么决斗?

圣彼得堡最令我关心的地方，就是普希金的决斗之地。尽管普希金为了爱情与尊严而与丹特士决斗的说法已成定论，但我心里还是隐藏着一个很大的疑团。我不相信发生在这样一位火一样酷爱生活和自由的诗人身上的悲剧根由会如此简单！

决斗在 1837 年 1 月 27 日清晨，地点在圣彼得堡近郊黑河边一块林间空地上。寒冽的大雪厚厚地铺在上边。丹特士在没有按照规定走到障碍物之前，突然回身给了普希金致命的一枪。鲜血染红白雪。

事情距今已过去一百六十年。

虽然这块"决斗之地"依然保持原貌，但已经成了市区的一个公园。远处的公路上小汽车成串地飞跑着，我们把汽车停在一条小道边，下车穿过草地，直奔前边一片疏落的杂树林走去。一条干涸的小河床弯弯曲曲躺在地上,这大概就是当年著名的黑河了。但河床已经变得很窄很浅,长满野草,几乎快和地面平了,完全成了一种史迹。河床上远远近近还横着腐朽的木头,这大概是倾圮已久的一些老桥的残骸吧。幸好俄罗斯人没有把这个游客经常光顾的地方当作旅游资源来开发,才使得这里的一切都保持着历史的原生态。包括寂静的气息。

如今,在普希金和丹特士决斗时站立的地方,各竖着一块石碑。一样的灰红色的花岗岩石板,一样大小,两块石碑相对而立,很像他们决斗时的样子。我用步子量了量两座石碑之间的距离,正好九步。

普希金决斗之地

　　当时，丹特士被中弹后的普希金还了一枪，但没有击中要害，他没有因决斗而死。他的石碑只是一种标志，只有姓名。普希金的石碑正面刻着：

　　在黑河这个地方，1837年1月27日（新历2月8日），伟大的俄罗斯诗人普希金在决斗中受伤致死。

　　石碑的背面刻着莱蒙托夫在普希金逝世那天所写的那首举世皆知的《诗人之死》开头的几句：

　　诗人死了！光荣的俘虏！
　　他倒下了，是为流言中伤，
　　胸膛里带着铅弹和复仇的渴望，
　　他垂下了高傲的头颅！

　　今天读起来，诗句中仍然激荡着难抑的悲愤之情。

　　此时是五月天气，两座石碑之间绿草如茵，开满了繁密的黄色的蒲公英和白色的野菊。这使我怎么也感受不到1837年决斗那天大雪过后肃杀的气氛。可是，当我身倚着普希金这边的石碑，朝着对面的石碑望去，阳光正巧照在丹特士那边光滑的碑面上，放射出强烈的、白色的、刺目的反光，使我恍惚间听到"嘣"的一声炸毁一切的枪响。

　　我脑袋立即冒出普希金死前最后的那句话：

　　"生命完结了！"

我始终琢磨着他这句话的意味。是一种崩溃一般的绝望，是彻底的摆脱，是灵魂快乐的升腾，还是一句生命的诗。

年轻时我读《普希金传》时，读到这一句，我掉下泪来。

折断翅膀的飞鸟

其实普希金的悲剧在他中学毕业时就开始了。

读一读他在学校时写的那首名诗《致同学》吧。他高歌：

> 自由——
> 在我胸中沸腾！
> 一个伟大民族的精神
> 没有在我的身上打盹。

这年他16岁。

一个天性敏感、坦白真率、容易激动、酷爱自由、充满反抗精神的人。但是，他走出皇村学校就进入了沙皇政权的外交部，充当一名十等文官。这一只原本自由的鸟没有飞上天空，就被关进牢笼。而他终身都没有离开沙皇的控制，一直到他决斗时中弹为止。

然而，普希金的心和他的笔始终是自由的。他抗议沙皇的残暴，颂扬自由，呼唤新生活的降临。这样，三年后他就惹怒沙皇亚历山大一世，被放逐到南俄。流放达六年之久。

1825年，亚历山大一世突然驾崩。在激烈的宫廷斗争中，发生了十二月党人的起义。但起义被亚历山大的一个兄弟尼古拉残酷镇压而失败。尼古拉继位登基。

这时，普希金对尼古拉呈上《请求书》，请求准予他自由。应该说普希金这一步是错误的。虽然普希金不是革命的十二月党人的成员，但被捕的成员的身上差不多都揣着普希金呼唤自由的诗篇。十二月党人和他的社会理想是一致的，他怎么反倒对沙皇尼古拉抱有希望呢？甚至还幻想尼古拉推行改革，重视教育，并能像彼得大帝一样成为"开明而宽容的君主"。这是一种天真吗？据说尼古拉没有以煽动罪逮捕他，关键由于茹科夫斯基等人的说情。茹科夫斯基一方面是优秀的诗人，爱惜普希金的天才；一方面是宫廷的教师，维护沙皇体制。他主张尼古拉用怀柔之术将这位影响巨大的"精神领袖"普希金拉到自己一边。沙皇尼古拉听从了茹科夫斯基的意见，决定赦免普希金。

1826年9月8日尼古拉召见普希金。他问普希金：

"如果你在圣彼得堡，会不会参加十二月党的起义？"

普希金坦率回答："一定会！我所有的朋友都参加了，我不会不参加。只不过因为我不在彼得堡，才幸免于难。"这几句话是典型的诗人的回答。

尼古拉对他说：

"假如给你自由，你能不能改变你的思想与行动？"

普希金想了想，点头表示应允。

当然，普希金并没有放弃他的社会理想，以及诗的真诚。他既没有背弃朋友，也没有把杰尔查文、茹科夫斯基作为自己的楷模，但是沙皇尼古拉给他定下一条比任何检查制度还苛刻的条例，即普希金所写的一切东西都要先由尼古拉皇帝本人过目。

这好比要折断鸟的翅膀！诗人的心灵被紧紧夹在沙皇手中巨大的铁钳里。

我在想，是普希金把自己送给沙皇的吗？如果说普希金对新登基的尼古拉抱过幻想，那么幻想都成了噩梦，因为沙皇尼古拉把十二月党人全部处以绞刑；如果说他为了获得写作的自由而做了妥协与让步，他真正得到的却是灭绝性的扼杀！

普希金的整个人生都是在沙皇严密的监控之下；他的一举一动始终在沙皇的视线里；他的信件常常被第三厅（沙皇的特务机关）偷阅；他没有行动自由，倘若没有沙皇的准许他是不能够随意离开彼得堡的；他一次次外出旅行的计划全都遭到了沙皇的拒绝，包括他访问中国的请求。

如果他的作品没有被沙皇"恩准"，是绝对不能发表与出版的。他的诗剧《鲍里斯·戈都诺夫》就是由于沙皇摇头而被搁置了六年。而那些没有出版和发表的诗篇，连在朋友中间朗诵一下都是不许可的。比如在一次军事审判中，由于从两名军官身上翻出普希金《安德莱·谢尼爱》中被审查时删掉的部分诗句，便立刻把普希金牵连到一桩很麻烦的案子中来。

我们无论怎样去想，也想象不出一个被严严实实捆缚着的灵魂是什么滋味。

波尔金诺的秋天

我在研究普希金创作年谱时发现，他最重要的著作都是在离开圣彼得堡时写出来的。主要有三次。这三次都是他创作的高潮期。

第一次是从 1820 年至 1825 年流放期间。他著名的长篇叙事诗《高加索的俘虏》（1821—1823）、《强盗兄弟》（1821—1822）、《巴赫契萨拉依的泪泉》（1821—1823）等等都是这期间写的。1823 年，他一度被押送到普斯科夫省他父母的领地米哈伊洛夫斯克村，交由地方当局与教会监视。生活得虽然十分孤寂，身边只有童年时的老保姆陪伴着他，他的写作反而出现了高潮。他完成了长诗《茨冈》、诗体小说《努力伯爵》、历史剧《鲍里斯·戈东诺夫》等系列重要作品，并着手来写他堪称俄罗斯文学的经典之作《叶甫盖尼·奥涅金》。这些作品奠定了他在俄罗斯诗坛至高至上的位置。

第二次是 1830 年 9 月，他去到父亲的领地波尔金诺村处理田产。正赶上瘟疫流行，交通阻隔，他蛰居于这个僻远的乡村里，却进入了所谓"波尔金诺的秋天"的黄金般的创作时期。他不仅写完了巨作《叶甫盖尼·奥涅金》，又写了《莫扎特和沙莱里》《石客》《瘟疫流行时的宴会》和《吝啬的骑士》四部小悲剧，童话诗《神父和他的长工巴尔达的故事》，还完成了《别尔金小说集》全部五篇小说——《射击》《暴风雪》《驿站长》《棺材商人》和《乡下姑娘》。在我们读这些诗和小说时便会感受到他的灵感好似节日的烟火那样灿烂地迸发着；还有他的心境轻松、愉快、自由和玻璃一般的光亮透明。正是这样的心境使他如江河狂泻，在短短三个月完成如此大量的杰作，一旦诗人的心被松绑了，他会创造出多么伟大的奇迹来！

　　第三次是1833年。他准备写18世纪布加乔夫起义的历史，需要搜集相关材料。他从沙皇尼古拉那里获得四个月的假期。但他所去的几个省却都得到密令，对他严加监视。10月初，普希金提前结束考察，再次跑到波尔金诺村。这次他只有一个半月的时间，但他的收获更加惊人。在没有盯梢与偷窥的环境里，他的笔神奇般地流畅，一口气不但完成了《布加乔夫起义史》，而且写出那部不朽的童话诗《渔夫和金鱼的故事》，翻译了波兰诗人密兹凯维支的两部长诗，还完成了他的两部晚期的杰作——长篇叙事诗《青铜骑士》和中篇小说《黑桃皇后》。

　　我们在其他作家中很难找到类似的现象。这现象几乎是一种奇迹。这是自由的灵魂与专制的控制苦苦地斗争的果实。但也许正是在这种严酷的高压之下，他才会有这样辉煌、神奇和巨大的喷发。于是我们一方面看到自由的心灵飞翔时的优美动人，一方面又感受到诗人所承受的灵魂上的苦难。

"够了，够了，我亲爱的！"

　　然而，更深的苦难是从1831年开始的。

　　1829年，普希金在一次舞会上认识了"莫斯科第一美人"娜塔丽亚·冈察洛娃。他为她绝顶的美丽而痴迷。他不懈地去追求她而终于得到成功，他们转年订婚。1831年2月，冈察洛娃与普希金在莫斯科结婚。在结婚的典礼上交换戒指时，普希金的戒指突然掉在地上，同时手里的蜡烛又不可思议地熄灭了。普希金轻声对自己说："这可不是个好兆头呵!"谁想到，后来发生的事真的把他这句话应验了。

冈察洛娃是在上流社会养育出来的女孩子，喜欢穿戴入时，珠光宝气，在豪华而盛大的场面抛头露面，制造魅力，不停地应付着男人们蜂拥而至的殷勤。但在普希金眼里这一切都是生活垃圾。

可是普希金爱她。对于他来说，与心爱的冈察洛娃结了婚，就是达到了幸福的极致。他说："我唯一的愿望是，这一切不再改变，我再也没有什么别的妄想了。"随后，他们在圣彼得堡定居，普希金仍回到外交部供职。冈察洛娃以她的美艳与聪慧很快成了圣彼得堡上流社会最耀眼的明星，无数爱慕者与追求者包围着她，这之中包括沙皇尼古拉。

普希金陷入一种困境中。在他的心中冈察洛娃是中心，但在冈察洛娃的圈子里却没有普希金的位置。当冈察洛娃与那些达官显贵们花枝招展地翩翩起舞时，普希金只是靠着舞厅的大墙或柱子，慢慢地饮酒，吃冰激凌，消磨时光，一直等到舞会散场陪伴她回家。这种舞会常常要到凌晨三四点才结束，普希金天天都要等到这个时候。普希金因为爱她，为她忍受这一切。

但是在别人的眼里，普希金完全成了一个微不足道的男人，一个多余的人。

1834年的新年，尼古拉皇帝忽然下了一道命令，任命普希金为宫廷近侍卫。这个职务历来都由年轻人担任。尼古拉对已经35岁的普希金的"恩赐"便成了一种污辱。这表明尼古拉把这个捏在手心里的诗人完全不当一回事了。而这一任命还有更深的不可告人的目的，就是方便于冈察洛娃随时出入宫中，使沙皇自己有更多的机会与冈察洛娃见面。对于这深一层的意图普希金心里是明白的；冈察洛娃也明白，她却为此而高兴。因为，冈察洛娃对普希金的写作没有兴趣，她的全部心思都在流光溢彩的舞会上。

普希金最渴望的是逃出圣彼得堡。因为圣彼得堡使他厌倦、恶心，心情败坏，疲惫之极，什么也干不了。他在给冈察洛娃的诗《够了，够了，我亲爱的》中写道：

　够了，够了，我亲爱的！心要求平静——
　一天跟着一天飞逝，而每一点钟
　带走了一滴生命，我们两人理想的
　是生活，可是看哪——很快我们就死去。
　世上没有快乐，却有平静和自由；
　多么久了，这些一直使我梦寐以求——
　唉，多么久了，我，一个疲倦的奴隶，
　一直想逃往充满劳动和纯洁的遥远的他乡。

他一次次申请外出，都没被获准。1834年夏天和1835年夏天，他两度写辞呈，想回到乡下去生活和写作，但遭到尼古拉的怒斥。1835年秋天，他设法去了一趟米哈伊洛夫斯克村。他希望再获得一个"波尔金诺式"的创作黄金期，但是这次他竟然一无所获。他感到没有灵感，无法安静，笔管艰涩，心灵好像已经枯竭！他没有想到，圣彼得堡的垃圾生活已经快要榨干了他。

据说，普希金常常一个人在他圣彼得堡的书房里，痛苦地呼叫着："忧郁呀，我郁闷呀！"

为了心灵的自由

1836年是普希金艰难的一年。

冈察洛娃除去给普希金生孩子，对普希金的精神痛苦视而不见，完全漠不关心。她甚至没有一次陪同普希金去到乡下的米哈伊洛夫斯克村，而她奢华的穿戴与开销使得普希金难以承担。这时普希金还不过是个九品文官，年薪5000卢布，还要承担四个孩子的家庭。而冈察洛娃个人每年就需要至少20000卢布。他欠债累累。服装店、车行、杂货店、书店的伙计们常常上门要债。普希金想以此为理由，提出辞职，要离开圣彼得堡。沙皇尼古拉依旧拒绝了他，答应借款30000卢布给他，还要在他薪金中扣除。

经济困窘是他很实在的一种压力。

普希金一直抱着一个文学愿望，就是办一家纯文学杂志，将俄罗斯的文学精英凝聚起来。这一时期，许多优秀的作家从文坛崛起，这些年轻人很需要支持。1836年4月普希金获准主办《现代人》杂志。他兴致勃勃地邀请比自己小十岁的果戈理加入编辑部的工作，但事与愿违。当时文坛风气并不好，批评界矛盾重重，像他这样非常情绪化的诗人也很难办好一份事务性很强的杂志。《现代人》办得并不景气，这也加重他已然很糟糕的心境。

1836年他母亲去世了。他一生敬爱他的母亲，这对他打击很大。他亲自护灵，将母亲安葬在米哈伊洛夫斯克村圣山大教堂的墓地里。在母亲坟墓的旁边，他还为自己购置了一块墓地。他为什么这样做？是为了死后永远陪伴自己的母亲，还是已经准备逃离这个世界？他在等待着一个死亡契机吗？

1836年夏天以来，关于冈察洛娃的绯闻已经沸沸扬扬。一方面是尼古拉的穷追不舍，一方面是法国军官丹特士对冈察洛娃公开而露骨的追求。丹特士长得英俊潇洒，舞跳得帅，口才又好，冈察洛娃对这位浪漫的法国人也同样抱有好感。于是上流社会种种暗中的讥讽与尖刻的嘲笑就落到骄傲的普希金身上。特别是那些曾经被普希金的讽刺诗嘲弄过的人物，趁机恶言恶语中伤普希金。这一切普希金完全知道，但他深爱着冈察洛娃，依然默默忍受着。

1836年11月普希金收到一封匿名信，公然称普希金是"乌龟团长"。同样的信也寄到普希金的朋友们的手中。丑化与诽谤成了一种社会新闻。盛怒的普希金好像突然找到一条出路——按照当时的俄罗斯男人们解决纠纷的习俗，决斗是不可避免的了。

从事情的表面看，丹特士对冈察洛娃的死死纠缠不可能使事态得到缓和，普希金必然以决死的态度捍卫自己的尊严。从更深层来观察，却决不仅仅由于这种戏剧性的情仇。

据说在普希金接到丹特士的应战书之后，心情立刻变得平静下来，好像一件大事终于可以了结。而接下来他对决斗竟然没有做任何准备，到了转天决斗之前他还没有助手。直到丹特士的助手找上门来，他才跑出去，在大街上把碰巧遇到的一个皇村学校的同学丹扎斯像抓公差那样拉来做自己的助手。而且叫丹扎斯帮他买一把枪。他自己则拿起一本书阅读。他是要去决斗，还是等候着期待中死亡的来临？

在他中弹后躺在家中时，朋友们要去与丹特士决斗，为他复仇。他反而说："不要去，要讲和，讲和。"难道他很乐于接受仇人射来的这颗子弹吗？

他还对冈察洛娃说："不要因为我而去责备你自己。这件事只与我个人有关。"这句话不单单是安慰冈察洛娃，还表明决斗之举的根由来自他个人的非常痛苦的难言之隐。

在他停止呼吸之前，他断断续续说了许多话，其中有一句话最重要。他说："这个世界上没有我活的地方。我一定要死的。显然，不应该这样。"

从上述这些细节，我们可以认定普希金的决斗是他走出困境唯一的选择。晚期的普希金被困难重重包围。他没有自由，受尽屈辱，经济困顿，事业受阻，才情衰退，心灵枯索。他被黑暗严严实实包在中间，看不到一点光明。当现实被黑暗堵塞，死亡往往被误认为是光明之所在。

据说，普希金与丹特士决斗的事，第三厅和尼古拉皇帝全都知道，但没有人出面制止。普希金中弹不正是他们的愿望吗？

在莫依卡河畔的普希金故居，我看到这位伟大的诗人生前的真实的生活境况。他仅仅占有楼房一层的几间屋子，不过是简简单单一个"九等文官"家居而已。看上去还算舒适，对于普希金却一如牢笼；他终生在监视下生存，也在监视下写作。但普希金留下的诗歌，没有一行是向皇帝示乖的，讨好的，逢迎的；他的身体被捆满绳索，他的心灵更渴望自由。这种自由被他写在每一行催动人心的诗中。这使我想到莎士比亚在《哈姆雷特》里的一句话：

就是把我放在火柴盒里，我也是无限空间的主宰者。

　　为此，普希金离去了一个半世纪，却依然受到人们的虔敬与尊崇。他一生都被钉在自由的十字架上，浑身流着血，但从不放弃自由的高贵与自由的尊严。

　　在他生命最后的一年里，他写了一首《纪念碑》。他骄傲又激情地写道：

　　　　不，我不会完全死去。在庄严的琴弦上
　　　　我的灵魂将越过腐朽的骨灰永生。
　　　　我的名字会远扬，哪怕在这月光的世界上
　　　　仅留传着一个诗人……
　　　　我将被人民喜爱，他们将永远记着
　　　　我的诗歌所激起的善良的情感，
　　　　记着我怎样在这冷酷的时代歌颂自由
　　　　并且号召同情那些倒下的人。

　　现在我明白了，他的决斗实际上是一种自杀。自杀也会是一种伟大的举动。因为他自杀的目的只有一个，就是让心灵更自由。

绿色的手杖

一位杰出的作家死了，他的生命分别在三个地方。一是在他的作品中，一是在墓地里，一是在故居那片属于他的土地上。

俄罗斯作家的作品我已经读得很多，现在我就从故居与墓地去探访他们的生命。

斯巴斯科耶

我喜欢这种巧合。我到俄罗斯后访问的第一个作家的故居是屠格涅夫的。而我爱上俄罗斯文学乃至整个世界文学恰恰是从屠格涅夫开始的。

车子从莫斯科开出，我们一直在辽阔的大自然的风光里，三个小时进入图拉州，又过两小时进入奥廖尔州。有趣的是，奥廖尔的特色开始一点点出现。先是路边一个个卖甜饼的小摊。这种甜饼是把塞了糖的面团，用手指按进刻着各种民间图案的模子里，再扣出来，放在炉上烘烤；这有点像中国人的月饼，但远没有月饼精致。它又硬又粗又甜，可是嚼起来有劲，又充饥。随后，便可以看见道边的农家在门口摆一张小桌和矮凳，上边放一小篮鲜蛋，一瓶牛奶或一罐蜂蜜，都是最原始最本色的乡间食品。如果路人想带走什么，放下一点钱即可，没有人守在那里。这是奥廖尔人自古以来的方式。于是，你马上感受到这种民风所包含的一种质朴与纯正。再有便是一种当地特有的鹰在天空出现。这种鹰很壮，肚子很圆，看上去像一个带翅膀的球，它在天上缓缓翱翔。可是只要它发现猎物在大地上奔跑，便会从百米以上高空像闪电一样即刻冲下来……

我的目光越过一片开满野花的草地看到一片高大的橡树和杉树映衬着的斯巴斯科耶——屠格涅夫庄园的大门。我立即想到屠格涅夫在《贵族之家》中描写的那些画面和那种气息。我感觉我所来到的不是屠格涅夫的庄园，而是进入了他的小说。

无论那座漆成绿顶的白色木楼，一间间房屋中笨重、耐用又考究的家具，长长的马厩，还是光亮的池塘，林荫道上的小径，青草地上的木凳，都不陌生，似曾相识甚至好像曾经来过。我站在庄园的围栏远眺，森林纵横的大地浩浩荡荡起伏着；薄雾如纱笼罩着一片片沼泽地；宁静得了无声息，只是从极远而朦胧的山野那边传来田鹬一声声的鸣叫……这对于我怎么会这样熟悉？跟着我明白这一切都来自屠格涅夫那些小说。作家的高明就是把他生命的体验变成你的体验。

其实屠格涅夫在斯巴斯科耶生活的时间并不长。他1881年生在这里。10岁以前（1821年）就离开斯巴斯科耶，但童年生活给他印象深刻。他母亲卢托维诺娃是这一地区最富有的女地主，拥有几千俄亩的土地和上千名农奴。母亲的专横、任性与残酷，父亲的冷漠、孤僻和不负责任，是留给他终生的阴影。这些阴影不会不进入他的小说。《初恋》中就有他父亲的影子，《木木》的女农奴主便是以他母亲为人物原型的，但更重要的是他从斯巴斯科耶深切地感受到农奴制的残忍与黑暗。当然，童年时代的屠格涅夫对此不可能有太多的思考。他是从一颗纯洁、善良、富于同情的心灵出发的。然而，天性的善良使人最终会站到社会道义一边。

使屠格涅夫的小说拥有那么宽阔的人物形象，也由于他在斯巴斯科耶的生活。那些小地主、仆人、管家、守林人、医生、园艺师、检查员、鞍子匠、警察、车夫、办事员、钓者、狩猎人等等，都是在他那个小小年纪里进入他敏感的心中的。

斯巴斯科耶给他另一重要的财富是大自然的诗情画意。在这里，他终日的朋友是粗壮结实的橡树，百年冷杉与老枞树，高高伸到天上的落叶松，苗条多姿的白杨等等，他知道这些树四季的装束、朝朝暮暮千变万化的风姿；他只用鼻子可以识别出丁香、洋槐、菊苣、蔷薇、铃兰上百种花来；他单凭耳朵可以分辨出到底是鹌鹑、布谷、夜莺、黄雀，还是沙鸡、金翅雀、野鸭、白嘴鸭的叫声。这种耳濡目染、日积月累的大自然的情感是他日后文学中"大地情结"深厚的根基与来源。

然而斯巴斯科耶对屠格涅夫的意义远远不止于童年的记忆。

1852年果戈理突然去世。屠格涅夫写了一篇悼念文章，称颂"伟大的"果戈理是"我们民族的光荣"。但这篇激情之作惹恼了沙皇尼古拉。尼古拉对这位《钦差大臣》和《死魂灵》的作者早就恨之入骨。屠格涅夫因之被捕，并被放逐到他的老家——奥廖尔的斯巴斯科耶。

从喧嚣的彼得堡回到乡下，他感到舒适与安详，心灵可以自由呼吸。斯巴斯科耶是他生命的摇篮，他感到异常的稳定与温馨。他读书和思考，反省自己，于是他决定结束那种以《猎人笔记》为代表的田园诗化的早期创作，开始自觉地用文学来探索时代命运的必然了。而且他还感到他真正的写作应该在这里，他的书桌应该放在斯巴斯科耶的大地上。

屠格涅夫的一生行色匆匆，频繁不断地出国与回国。他在世界各地旅行，结识朋友，参与文坛和社会的活动。然而当他有了写作灵感，便立即跑回到他的"栖息之地"——斯巴斯科耶，静下来生活与写作。

只有在旧日庄园，他才能心定神安。他喜欢像童年那样钓鱼、划船、下棋、骑马，他一直喜欢在湿漉漉的林间观看游蛇与蟾蜍搏斗，他特别喜欢扛着猎枪沿着捷斯纳河与奥卡河，去寻找走兽与飞禽。这一切他在《猎人笔记》中都精细地描绘过了。每每这时，他感到心舒意展，笔尖流畅，得心应手，这一切我们从他在斯巴斯科耶写出的句子中都可以感受出来。屠格涅夫一生回到斯巴斯科耶十八次。他的长篇小说《罗亭》《前夜》《贵族之家》《父与子》《烟日》和《处女地》，都是在这里写的。它们几乎是屠格涅夫长篇小说的全部。此外还包括大量的中短篇小说与诗歌。

屠格涅夫中篇小说《初恋》的插图

他说："只有在俄罗斯的农村，写作才会成功。在这里就是连空气也充满思想。我的文思如同泉水一样喷涌！"

这便是斯巴斯科耶的意义。屠格涅夫说："故乡有种捕捉不到、扣住心弦、让你激动的东西。"能够像感受生命一样感受大地的人，才能写出屠格涅夫那样的作品。

1882年，屠格涅夫在法国患上致命的疾病。他知道自己很难回到祖国与故乡。他写信给好友波隆斯基，请求他——

"当你去斯巴斯科耶时，请代我向房子、花园和我可爱的橡树鞠躬，向我可能永远再也见不到的故乡鞠躬！"

他最终合上眼睛的一瞬，一定浮现出如诗如画的斯巴斯科耶。

亚斯纳亚波利亚纳

从奥廖尔回莫斯科，我们绕个小弯，去到图拉省克拉波文县去看列夫·托尔斯泰的故居——亚斯纳亚波利亚纳庄园。但今儿不巧，正赶上周一，也是世界绝大多数博物馆的休息日。可是这也不错，索性塌下心来在庄园里散散步。

托尔斯泰与屠格涅夫不同，他一生大多数时间在故居生活。而比起屠格涅夫的斯巴斯科耶，托尔斯泰的亚斯纳亚波利亚纳要更加宏大、开阔和美丽。庄园里有小湖、牧场和森林。到处是花香和鸟鸣；各种花色令你目爽神怡，各种鸟鸣叫你心头快活；一进门那条白桦树夹峙的林荫道真像一幅壮美的油画。这条林荫道曾被托尔斯泰写进他的小说《安娜·卡列尼娜》中——须知，这种情况是不多的。

托尔斯泰与屠格涅夫最大的不同是，屠格涅夫的小说始终有斯巴斯科耶的影子，托尔斯泰的小说场景却跨越出亚斯纳亚波利亚纳，覆盖了整个时代和久远的历史。可是托尔斯泰偏偏说：如果没有亚斯纳亚波利亚纳，俄罗斯就不可能给我这种感觉；如果没有亚斯纳亚波利亚纳，我可能对祖国有更清醒的认识，但不可能这样热爱它。

　　这就是说，亚斯纳亚波利亚纳不只是他的故乡，而是他的祖国俄罗斯。托尔斯泰终生都是在他深深爱恋的祖国的大地上来思考和写作的，这使我们更深刻地知道亚斯纳亚波利亚纳非凡的意义。

　　托尔斯泰的庄园来源于他母亲陪嫁的资产。他34岁时与宫廷医生的女儿索菲亚结婚，在相爱中生儿育女，在亚斯纳亚波利亚纳平稳地度过二十年。在农奴时代，搭架在千千万万农奴脊梁上的农奴主生活是极为富足的。亚斯纳亚波利亚纳里有非常宽敞的马厩、鸡舍、养蜂厂，还有种种工匠干活的木屋。可是这一切却与托尔斯泰的社会理想和人道精神矛盾着。开始他感觉别扭不安，渐渐他对自己产生反感。他说：回到家里坐在餐桌前，两个穿燕尾服的男仆侍候着我吃饭，我感到我有罪。不仅有罪，甚至我觉得自己是帮凶！

亚斯纳亚波利亚纳庄园

是不是由于这个原因，他要自己去种树、耕地、缝鞋、制作衬衣？他还有很长一段时间搬到莫斯科的卡莱夫尼基去居住。中年和晚年的托尔斯泰愈来愈关心社会。他作品中"纯小说"的气息几乎已经完全消失；对社会命运的思考充满了字里行间。他还频频地介入各种社会事件，包括灾民调查。他对社会的干预反过来是自我反省。这使得他生命最后几年在亚斯纳亚波利亚纳的生活充满了良心的自我折磨，天天看着奴仆侍候着他的家，他难以忍受。他厌倦自己的生活，甚至感到恶心。这也是他最终于1910年11月10日从亚斯纳亚波利亚纳秘密出走的原因。但他毕竟年纪太大，中途感染肺炎，死在了阿斯塔波沃车站上。

庄园内最诱惑的是一条条林荫小路。每一条弯弯曲曲深入林间的路都深奥难测，吸引着你走进去。而走着走着一条岔路便会分出来，拐向另一片蓝色的树影里，叫你无法选择。

在一条看上去又长又深的小路路口处，庄园派来的一位做向导的研究员对我说："托尔斯泰童年时，他哥哥对他说，庄园里有一根绿色的手杖。找到手杖就找到幸福。据说托尔斯泰一直在找这根手杖。你们也进去找一找吗？"然后她又说了一句，"现在我们不要说话了，感受一下托尔斯泰在孩子时代的声音吧！"

我们都不作声。小径很软，又有草，走路没有声音。最清晰的是远远近近、各种各样的鸟语。道两边的树木都很高很大，林间有茂密的灌木、花丛、蕨类植物，还有隔年的腐叶与残枝，使清冽的空气充满森林的气息。我看见一大堆肥大的蘑菇，一种从未见过的蝴蝶似的紫色的花；还有倾倒的老树——有的已经被锯成一段段，三角状地一堆一堆码在那里；有的没人去管，长长的枯枝被厚厚的苔藓毛茸茸地包裹着。这就是绿色的手杖吧！

忽然一片空地展开。林间一块绿茵地上，斜摆着一个矮矮的长方形的土堆，上边长满碧绿的青草，青草上摆满红色的玫瑰，这便是托尔斯泰的墓地和他著名的土坟。

由于庄园的向导事先没有告诉我们托尔斯泰的坟墓在这里，使我一看到这土坟，如同见到托尔斯泰本人。世界上没有比这更朴素、更自然、更诗意、更美丽的坟墓了。他静静地躺在这里——他的故土也是"祖国的大地"上。死，原来也可以如此的优美。这种情景和诗意只有音乐可以表达。

托尔斯泰去世十年后，他妻子去世，时间是1920年。转一年，他女儿玛丽亚就把亚斯纳亚波利亚纳捐给国家。托尔斯泰生前与女儿相互非常理解，玛丽亚一直为他年迈而辛劳的父亲做助手，帮他处理函件、写信、誊抄文稿，陪他一起到灾区做调查，一如他的私人秘书。只有真正知道他价值的人才会为他付出一切。所以当她把亚斯纳亚波利亚纳捐献给国家时，托尔斯泰生前的一切全都原封不动。这使我们走进庄园，如同走进托尔斯泰的家中串门。

苏联政府拨巨款，把亚斯纳亚波利亚纳建成托尔斯泰故居博物馆。原则是一切保持原生态，不准许盖一间新屋，并任命玛丽亚担任亚斯纳亚波利亚纳的馆长。因为只有她才知道什么是历史真实和怎样保护历史真实。

如今玛丽亚已经故去。现在的馆长乌拉基米尔·托尔斯泰是列夫·托尔斯泰的曾孙。这位馆长会见我们时说，亚斯纳亚波利亚纳现有工作人员五百人。主要工作是为每年差不多一百万来自世界各地的参观者服务。最近将开通一条从莫斯科到这里的专线列车，就叫作"亚斯纳亚波利亚纳号"。到那时参观人数还会成倍增加，因为托尔斯泰是俄罗斯的一根精神支柱。

我注意一眼这位年纪尚轻的馆长。他个子不高，人清瘦，皮肤很亮，衬衫外套着一件摄影背心，显得很干练。我忽然发现，他的眼睛很像他的曾祖父，柔和而又锐利。当谈到他的家族，他说托尔斯泰有15个孩子。如今他直系的家族已有230人，一部分住在世界各地。乌拉基米尔告诉我，为了纪念托尔斯泰与索菲亚结为连理140年，今年8月他们家族要在这里聚会呢。届时他们还要成立世界性的托尔斯泰遗产基金会，以保护好亚斯纳亚波利亚纳，使它能够世代珍存。因为托尔斯泰不仅属于他们家族，属于俄罗斯，也属于全人类。

向契诃夫献花

在俄罗斯最大的遗憾是没能去契诃夫的故居谢尔普霍文的梅里霍沃庄园。在那个简朴和诗意的地方，契诃夫写了《万尼亚舅舅》《带阁楼的房子》《套中人》《醋栗》和《带小狗的女人》等等名作，还广泛地参与社会。他办学校，出资修路，赈灾，普查人口，支持抗议沙皇的学生，他还重操旧业戴上听诊器为至少一千个普通人治病。

契诃夫所做的一切不只是出于思想，更重要的是出于他的天性。这是他与列夫·托尔斯泰不同的地方。他的真诚、儒雅、智慧与富于同情心，使他得到所有相识者的敬重。虽然他爱憎分明，但在他的身上爱比恨宽广得多，这单从他照片上的眼睛里就可以看出来，他由女弟子阿维洛娅称之为"温柔的、召唤的眼睛"，因此他更关切的是芸芸众生的愁苦。

　　在他的小说里没有托尔斯泰的史诗般的场面，也很少有屠格涅夫田园诗般的爱情悲剧，而更多的是他心里放不下的小人物们的种种担惊受怕。当然，他还要从这里边挖掘出社会的症结与人性的缺欠。

契诃夫小说《套中人》的插图

契诃夫有很浓郁的悲悯的情感。即使他描写大自然——写《草原》时，也与屠格涅夫的《森林与草原》不一样。后者是优美的风景画，前者是伤感的诗。我想这可能来自他非常富于艺术才情的家庭，也可能与他最初的医生职业有关。医生的职业是天天感受痛苦。然而，当这悲悯情感充溢他心中的时候，他还有清醒、锐利的一面，他还要找一种更深的心灵的疾患，因为作家的天职是感受灵魂的痛苦。

在俄罗斯作家中，我受契诃夫影响最大。我迷恋他到处闪烁灵气的短句子，他那种具有惊人发现力的细节，他点石成金的比喻；更迷恋他的情感乃至情绪，他敏感的心灵，他与生俱来的善良与无边的伤感。

然而，这次我的主人无论怎样设计，也无法把我的旅行路线通到梅里霍沃庄园。他们看出我对此感到深深的失望，便告诉我一个补偿的办法，就是在莫斯科时去新圣母修道院，契诃夫的墓地就在里边。

我读过我的好友、著名俄罗斯文学的学者高莽关于"俄罗斯墓园文化"的书——《灵魂的归宿》。我想，就是我去过梅里霍沃庄园，也应该看一看他的墓地。这是他灵魂永远的驻地。

为此我买了花。

在新圣母修道院的墓地里，埋葬着许多名人。我直奔主题，首先找到契诃夫的墓。这是一块简朴的墓地。用黑色铁条盘成的围栏中间，是块方形的草地。里边黑白两座石碑。右边白色的是契诃夫的，左边黑色的是他妻子奥尔迦的。中间简简单单一块石板。镶着几块铜片，上边刻着他们的姓名。生前相爱至深的他们就合葬在下边。没有精工打造，没有豪华装修。契诃夫的墓碑上边做成尖形的屋顶状，大概设计者想为他遮风挡雨。这个细节表达人们对契诃夫无尽的爱惜。因为——高尔基说："这个人告诉我们究竟什么是幸福以及生活的意义。"这句话听起来简单又普通，但如果你陷在生活的困惑而无以自拔时，就会觉得它意义无穷。

我从矮矮的围栏上弯进腰去，将一朵鲜红的康乃馨插在他墓碑前的草地上。墓碑前已经放满各色的花。我只是又添上一朵。契诃夫肯定不知道我们这些献花的人，但献花者却世世代代传衍下去。究竟是什么力量使人们自愿并深情地把鲜花放在他的墓前？

如果一个人把爱真诚地播种给大地，他一定会获得永远的回报。这回报的是鲜花，也是爱。

月光里的舒伯特小楼

　　■■■■■■人生有些机遇碰巧只有一次，过后一定会留在记忆里。比如这次在维也纳，驻奥大使史明德先生对我说，我国使馆在维也纳买了一处房产，是一座带花园的小楼，属于奥地利国家历史文物，就守着世界文化遗产美泉宫的东门。大使夫人、翻译家徐静华还补充一句："是两座楼，主楼和配楼。贝多芬曾在主楼里边弹过琴，配楼是舒伯特的故居之一。历史文化积淀都很深厚。"这地方已经整修好了，他们很想请我帮着看看怎样做得更精更深。大使说，贝多芬弹琴那座楼楼上有间刚刚收拾好的客房，我可以来住两天体验一下。

　　这邀请可胜过连续三年的山珍海味！

　　当我拎着手提袋来到这楼前，即刻被眼前的景象迷住了。簇密的松杉映衬着一座淡黄色古典巴洛克式建筑，沉静而端庄，乍一看与美泉宫的整体建筑风格一致，颇有些皇家气息，它不是美泉宫的一部分吗?

在历史记载中,这房子建于1793年,法国建筑师设计。它最初的主人是为奥地利哈斯堡王朝建立过功绩而被封为贵族的犹太商人卡尔·瓦茨特之子——莱蒙特·瓦茨特。莱蒙特豪爽好客,终日宾朋满座。那镌刻在二楼山墙中间黑色牌子上的古希腊文"欢迎"一词,不正是二百多年前好客的主人莱蒙特浪漫生活的写照吗?然而奢华的生活是不会被人记住的,留在历史上的是贝多芬曾在这座楼里弹琴的故事。

贝多芬留下天籁的地方一定神奇不凡。它究竟怎样神奇不凡?

徐静华引我穿入院门。阳光正把一大片树影斑驳地铺在满院的绿茵上。各色小花摆放得错落有致,显出当今主人的精心。一座半隐在远处的中国式的亭子引起我的兴趣。据说,修整院子时有人建议将亭子改造后重新涂漆。徐静华说,我们不同意做任何改动,历史的东西应该保持原状。

我自然赞同这样的历史观。

这个木结构的亭子看上去像个木笼,四四方方,亭顶没有"翼然"的飞檐,却正是那个时代(19世纪中期以前)西方人眼睛里的中国形态——古朴、纯净和敦厚。就像那时代西方瓷器以及美泉宫墙纸上的"中国形象"。

我终于站在贝多芬弹琴的圆厅里——

贝多芬站在这圆厅里是1800年。那年他30岁,刚刚写过《第一交响曲》而惊动了音乐圣城维也纳。他的精力与才华正处在人生的阳春。据说那天厅里摆放着两架钢琴,他和另一位出色的钢琴名家约塞夫·沃尔夫尔彼此在键盘上展示自己最新的艺术思想与非凡的灵感，进而互相命题，即兴弹奏，用惊人的才气感动与启发对方，待到两人一同进入神交与知音的境界时，便并坐琴前，四手联弹。那场面一定让在场的深谙音乐的维也纳人兴奋得发狂。

在那个没有录音录像的时代，留给我们的是无尽美妙的想象。

比起这座主楼，那边尖顶的配楼小一些。但楼内结构却曲折得有点神秘感。从狭小盘桓的楼梯登到尖顶里的阁楼，正是舒伯特住过的空间；历经两个世纪，旧物不存，但从留在那建筑物上简易的天窗，冬日里生火御寒的炉灶，光秃秃而厚重的木板门，以及晦暗的光线，可以想见舒伯特当年的生活。这叫我联想到在巴黎附近奥维和的那个梵高住过的小楼与小屋。舒伯特一生只活了31岁，一直住在维也纳。他自1813年离开寄宿学校，1816年专事写作，生活贫困交加中，却不断创造出《圣母颂》《小夜曲》《鳟鱼》等这些人间的仙乐与天音。直到1825年他的作品才得到出版，1827年成功地举办了个人音乐会，刚刚"脱贫"的舒伯特，一年之后（1828年）就与世长辞了。他一生写了一千部作品。他"蜗居"在这阁楼里是在哪年？写下了哪些作品？这些都还要等待音乐史家的考证。

我真的住进这座令我感到敬畏的楼中。心里感动，入夜难眠。午夜时分干脆爬起来，走进贝多芬弹琴的那个圆厅。没去开灯，穿窗而入的月光使厅内既晦暗又明彻。我忽然想起贝多芬的《月光奏鸣曲》，开篇的琴音恰如眼前这种"银浆泻地"的感觉。那一瞬，我感到月光有一种神奇的质感，触摸一下，光滑与清凉，有如将手浸入水中；我还感到阳光属于世界，月光属于心灵。因为人只有在月光里才能回忆。我一边想着月光曲的旋律，一边在屋里轻轻走着，忽然从后窗看到月下那座银白色、美得有点孤独的舒伯特小楼，不觉想起这两位音乐巨匠的交情。

贝多芬年长舒伯特27岁，他们去世却一前一后只隔一年，也算同时代人吧。

贝多芬在这楼里弹琴时，舒伯特才3岁。他们没有在这房子里相遇过，却把各自的人生足迹和艺术情感留在了这里。

贝多芬对待舒伯特，很像舒曼对待勃拉姆斯——十分欣赏年轻人的才华。

贝多芬病危时，请人把舒伯特叫到病床前，对舒伯特说："你的音乐里有神圣的光，我的灵魂属于你。"

贝多芬去世后，舒伯特高擎火炬为贝多芬送葬。一年后，他也去世了，家人遵他遗嘱，把他安葬在贝多芬的墓地旁。他们的灵魂紧紧相靠。

这时，我心中响着的月光曲，已经把那个尖顶的小楼笼罩。光影婆娑中，我已经分不出月光和月光曲了。

转天，我在楼里楼外转来转去才明白，何以有昨夜那些"时光倒流"般的感受。

因为——我陷入历史中。

经过二百多年、几易其主的老房子，原先的一切早早空空如也。历史在哪里呢？我细心留意便注意到，它圆厅独有的凸形窗玻璃得到刻意的保护，仅存的壁炉、座钟与吊灯被视为珍宝，地窖里的宗教壁画如同考古发现一般原封未动。一切修补都采用原先的形制、材质与制作方法。历史不怕缺失，就怕添加。历史的真实是用真正属于它的细节证实的，不管还剩多少。这就是历史、也是文物保护的严格之所在。

当然，如果为了赚游客的钱，给历史披金戴银而糟蹋了历史就另当别论了。

史明德大使说，奥地利人对历史修复十分严格。在修整这一建筑时，我们派去一支中国人的精装修队伍，奥地利派了专业的古建修复技师进行指导与监督。连墙的颜色都要严格按照规定的色板调色。然而，我们修复的原则是百分之百遵照人家的标准与尺度。奥地利的文物保护局局长弗里德利希·达姆博士称赞中国是"热爱和善待这座建筑的主人，他们按照古建保护要求所完成的工作，堪称楷模"。

由这句话，我延伸想到，只有我们尊重别的国家与民族的文化，才能受到别人的尊重；而我们尊重自己的文化，也会受到人家的尊重。

这也是现代文明和文明社会的准则。

看望老柴

对于身边的艺术界的朋友，我从不关心他们的隐私，但对于已故的艺术大师，我最关切的却是他们的私密。我知道那里埋藏着他的艺术之源，是他深刻的灵魂之所在。

从莫斯科到彼得堡有两条路。我放弃了从一条路去瞻仰普希金家族的领地米哈伊洛夫斯克村，谢绝了那里为欢迎我而准备好的一些活动，是因为我要经过另一条路去到克林看望老柴。

老柴就是俄罗斯伟大的音乐家柴可夫斯基，中国人亲切地称他为"老柴"。

我读过英国人杰拉德·亚伯拉罕写的《柴可夫斯基传》。他说柴可夫斯基人生中最后一个居所——克林的房子在二战中被德国人炸毁，但我到了俄罗斯却听说那座房子完好如故。我就一定要去。因为柴可夫斯基生命最后的一年半住在这座房子里。在这一年半中，他已经完全失去了资助人梅克夫人的支持，并且在感情上遭到惨重的打击。他到底是怎样生活的？是穷途潦倒、心灰意冷吗？

给人间留下无数绝妙之音的老柴，本人的人生并不幸福。首先他的精神超乎寻常的敏感，心情不定，心理异常，情感上似乎有些病态。他每次出国旅行，哪怕很短的时间，也会深深地陷入思乡之痛，无以自拔。他看到别人自杀，夜间自己会抱头痛哭。他几次患上严重的神经官能症，他惧怕听一切声音，有可怕的幻觉与濒死感。当然，每一次他都是在精神错乱的边缘上又奇迹般地恢复过来。

在常人的眼中，老柴个性孤僻。他喜欢独居，在37岁以前一直未婚。他害怕一个"未知的美人"闯进他的生活。他只和两个双胞胎的弟弟莫迪斯特和阿纳托里亲密地来往着。在世俗的人间，他被种种说三道四的闲话攻击着，甚至被形容为同性恋者。为了瓦解这种流言的包围，他几次想结婚，但似乎不知如何开始。

1877年，他几乎同时碰到两个女人，但都是不可思议的。

第一位是安东尼娜。她比他小9岁。她是他的狂恋者，而且是突然闯进他的生活来的。在老柴决定与她订婚之前，任何人——包括他的两个弟弟都对这位年轻貌美的姑娘一无所知。据老柴自己说，如果他拒绝她就如同杀掉一条生命。到底是他被这个执着的追求者打动了，还是真的担心一旦回绝就会使她绝望致死？于是，他们婚姻的全过程如同一场飓风。订婚一个月后随即结婚，而结婚如同结束。脱掉婚纱的安东尼娜在老柴的眼里完全是陌生的、无法信任的，甚至是一个"妖魔"。她竟然对老柴的音乐一无所知。原来这个女子是一位精神病态的追求者，这比盲目的追求者还要可怕！老柴差一点自杀。他从家中逃走，还大病一场。他们的婚姻以悲剧告终。这个悲剧却成了他一生的阴影，他从此再没有结婚。

第二位是富有的寡妇娜捷日达·冯·梅克夫人。她比老柴大9岁，是他的一位铁杆崇拜者。梅克夫人写信给老柴说："你越使我着迷，我就越怕同你来往。我更喜欢在远处思念你，在你的音乐中听你谈话，并通过音乐分享你的感情。"老柴回信给她说："你不想同我来往，是因为你怕在我的人格中找不到那种理想化的品质，就此而言，你是对的。"于是他们保持着一种柏拉图式的纯精神的情感，互相不断地通信，信中的情感热切又真诚；梅克夫人慷慨地给老柴一笔又一笔丰厚的资助，并付给他每年六千卢布的年金。这个支持是老柴音乐殿堂一个必要的而实在的支柱。

然而过了十四年（1890年9月）之后，梅克夫人突然以自己将要破产为理由中断了老柴的年金。后来，老柴获知梅克夫人根本没有破产，而且还拒绝给老柴回信。此中的原因至今谁也不知，但老柴本人却感受到极大的伤害。他觉得往日珍贵的人间情谊都变得庸俗不堪，好像自己不过是靠着一个贵妇人的恩赐活着罢了，而且人家只要不想搭理他，就会断然中止。他从哪里收回这失去的尊严？

正是在这样的背景下，老柴搬进了克林镇的这座房子。我对一百多年前老柴真正的状态一无所知，只能从这座故居求得回答。

进入柴可夫斯基故居纪念馆临街的办公小楼，便被工作人员引着出了后门，穿过一条布满树荫的小径，是一座带花园的两层木楼。楼梯很平缓也很宽大。老柴的工作室和卧室都在楼上。一走进去，就被一种静谧、优雅、舒适的气氛所笼罩。老柴已经走了一百多年，室内的一切几乎没有人动过。只是在1941年11月德国人来到之前，苏联政府把老柴的遗物全部运走，保存起来，战后又按原先的样子摆好，完璧归赵，一样不缺——

工作室的中央摆着一架德国人在圣彼得堡制造的黑色的"白伊克尔"牌钢琴。一边是书桌，桌上的文房器具并不规整，好像等待老柴回来自己再收拾一番。高顶的礼帽、白皮手套、出国时提在手中的旅行箱、外衣等等，有的挂在衣架上，有的搭在椅背上，有的撂在墙角，都很生活化。老柴喜欢抽烟斗，他的一位善于雕刻的男佣给他刻了很多烟斗，摆在房子的各个地方，随时都可以拿起来抽。书柜里有许多格林卡的作品和莫扎特整整一套七十二册的全集，这二位前辈音乐家是他的偶像。书柜里的叔本华、斯宾诺莎的著作都是他经常读的。精神过敏的老柴在思维上却有着严谨与认真的一面。他在读列夫·托尔斯泰、屠格涅夫和契诃夫等等作家的作品时，几乎每一页都有批注。

老柴身高一米七二，所以他的床很小。他那双摆在床前的睡鞋很像中国的产品，绿色的绸面上绣着一双彩色小鸟。他每天清晨在楼上的小餐室里吃早点，看报纸；午餐在楼下；晚餐还在楼上，但只吃些小点心。小餐室位于工作室的东边，只有三平方米，三面有窗，外边的树影斑斑驳驳投照在屋中。现在，餐桌上摆着一台录音机，轻轻地播放着一首钢琴曲。这首曲子正是1893年他在这座房里写的，这叫我们生动地感受到老柴的灵魂依然在这个空间里。所以我在这博物馆留言簿写道：

"在这里我感觉到柴可夫斯基的呼吸，还听到他音乐之外的一切响动。真是奇妙之极！"

在略带伤感的音乐中，我看着他挂满四壁的照片。这些照片是老柴亲手挂在这里的。这之中，有演出他各种作品的音乐会，有他的老师鲁宾斯基，以及他一生最亲密的伙伴——家人、父母、姐妹和弟弟，还有他最宠爱的外甥瓦洛佳。这些照片构成了他最珍爱的生活。他多么向往人生的美好与温馨！然而，如果我们去想一想此时的老柴，他破碎的人生，情感的挫折，生活的困窘，我们决不会相信居住在这里的老柴的灵魂是安宁的！去听吧，老柴最后一部交响曲——第六交响曲正是在这里写成的。它的标题叫《悲怆》！那些又甜又苦的旋律，带着泪水的微笑，无边的绝境和无声的轰鸣！它才是真正的此时此地的老柴！

老柴的房子矮，窗子也矮，夕照在贴近地平线之时，把它最后的余晖射进窗来。屋内的事物一些变成黑影，一些金红夺目。我已经看不清它们到底是些什么了，只觉得在音乐的流动里，这些黑块与亮块来回转换。它们给我以感染与启发。忽然我想到一句话：

"艺术家就像上帝那样，把个人的苦难变成世界的光明。"

我真想把这句话写在老柴的碑前。

神奇的左手

——关于画家歌德与画家雨果

　　有多种才能的人，由于种种缘故，其中一种才能得以施展，其他才能闲置不用，渐渐萎缩；即使偶有显露，往往也不被关注。就像右手压制了左手的发展。这是自己对自己的一种遮挡，一种偏废和扼杀。如果那种"左手的才能"也施展出来呢？是不是会更神奇？

　　法国南部卢瓦河边有一座小小的古堡，意大利画家达·芬奇生命的最后三年是在这里度过的。古堡里最奇特的展品是达·芬奇一些科学发明。如飞行器、云梯、机锤、钢索吊桥、各种小工具和新式的大炮等等。这些发明在今天看来既古老，又天真，又浪漫。可是对于在15世纪的科学技术的水平来说，达·芬奇这些发明所表现出的想象力与创造性却非常的惊人。他在科学上的灵感丝毫不亚于在绘画方面！甚至叫我懂得，科学比艺术更需要灵感。然而，这个古堡的展览安排得十分有趣。地面之上的几层楼所展览的全是达·芬奇的生活与绘画。而他的这些科学发明却全部放在地下室里。难道这是有意象征着——他大放异彩的绘画天才把他科学的潜质埋没在地下了?

我有幸认识达·芬奇的科学才能是在他的故居。我说过,在"名人故居"总会有新的发现。我说得没错!这次我从歌德与雨果的故居,竟然分别得知他俩都是相当不错的画家!

歌德的故居在德国那个小而精的古城魏玛。它给我强烈的印象是这位德国文化巨人对意大利的狂热。凡是心灵中有"美术基因"的人,只要一踏入意大利,即刻会被煽动起来。歌德从1786年9月开始去意大利旅行,他的踪迹从北部的威尼斯一直到南端西西里岛,于是他被这个伟大的"美术的国度"彻底征服了,以致他大有"乐不思蜀"之意。他的旅行期限一拖再拖,竟然长达一年零九个月。直到1788年5月才返回魏玛。

歌德回到家之后,马上干起一件十分狂热的事情,就是用他从意大利带回来的大量的雕塑、绘画、家具和工艺器物,把他的家装饰得和意大利一模一样!他的房间的结构原本就很有趣,一间间串联一起,所有房门都在一条直线上,很像美术馆。他呢,就按照美术馆的样子,把每间房子刷成一个颜色,所有墙上挂满了大大小小的画,柜子上摆着雕塑与工艺品。从提香到贝尼尼无所不有。尽管这些雕塑和绘画大多是复制品,但从中穿过时,那感觉极像漫步在意大利的梵蒂冈或乌菲齐那种艺术博物馆里。

过去,我只是从《歌德谈话录》中知道他热爱绘画,而且谈画谈得十分内行。这次在魏玛才更具体地知道,收藏和欣赏绘画是他重要的生活内容;亲自动笔画画是他写作之外经常性的艺术活动。他还兴致勃勃地把他自己的绘画作品也挂在墙上，放在他喜爱的这些意大利绘画中间。他当真把自己当作一位画家吗？如果他是这样，他就对了！

在我看来，他的画，尤其是风景小品，水准非常高。这是一种钢笔速写或素描，加上一些水彩颜色，恬淡优雅，宁静安详，富于空气感。风景画最难画的是空气感。空气感远比空间感难于表现得多。而比空气感更高一层的是意境和品格。这完全要看画家的内心修养了。歌德的风景画的意境是一流的。还有，便是他的手法很多，有水彩，有油画，有版画，还有装饰画，技术的表现力很强。如果不是民族的苦难过于沉重压在他的心上，我相信他一定会成为一个大画家。即使是现在的一些风景素描，也不比巴提尔和丢勒逊色。不要以为我夸大其词，不信拿来比一比。

谈到雨果，我想起当年读雨果的《悲惨世界》第二卷"滑铁卢"时，有几句写景的文字给我的印象十分深刻："门前草地上，倒着三把钉耙，五月的野花在耙齿间随意地开着。"我当时就想，这不是作家而是一种画家的思维。这种例子在雨果的作品中还有一些。雨果哪来的这种绘画思维？这次我明白了，因为他本人也是个画家，一个真正的画家。

在巴黎沃日广场的雨果故居的二层，几乎是雨果个人的绘画展。此前，我不曾知道雨果善画，所以起初我以为这是雨果同时代的一位画家的作品，大概由于内容上与雨果有什么特殊关系而挂在这里。当陪同的法国朋友说这是雨果本人的画作，我感到非常震惊。震惊的缘故是这些作品看上去非常强烈，有个性，技术上也完全称得上是出自一个职业画家之手。

雨果的画篇幅不大，大多为十六开到八开纸。他用铅笔、钢笔和水彩画笔（毛笔）与一种墨水似的黑颜色作画。此外他不再用其他颜色。这大概像中国文人画家那样——作画的颜色顺便取自桌案上砚台里的墨汁。雨果用的则是写作的墨水。这便使他的画看上去有点像中国的水墨画。他喜欢在棕色的纸上作画，这样一来还有点像中国的古画呢。

他喜欢画古堡废墟，墙倾楫摧，荒村野岭，狂风恶浪，以及妖怪与神灵。还有一些主题，比如爱情、命运、生命、死亡以及地域文化等等。这些画大都是他文学想象的延续。他的漫画人物几乎全像是小说的插图。他的技术非常纯熟，好像他天天都在作画，运笔的速度很快，水墨挥洒得自由又放纵，画面上有很强烈的氛围。他的画阴郁、浓重、迷惘、荒凉、古怪，而且有一种神秘感。神秘感是更难画出来的。像八大、徐渭、米罗、蒙克、马蒂斯的画都有一种神秘感。雨果的神秘感大概来自一个作家的心灵。因为作家所关注的事物总是具有神秘感的——无论是一种生活还是一个人的个性。如果没有神秘感，作家就失去了写作的欲望。这也是许多作家人老之后，大彻大悟，而写不出东西来的真正缘故。

故此，就本质而言，文学的魅力便是一种神秘感。

由于作家这种天性，雨果对遥远的东方兴趣极浓。他的三楼有一间茶室。他自称为"中国茶室"。这间用来款待朋友的小客厅，完全是他自己设计的。他用很多从中国舶来的物品来装饰这间茶室，有家具、壁毯、神像、瓷器、琉璃、木雕、竹帘画和卷轴画。我认出，卷轴画为《三星高照图》；竹帘画上画的是《白蛇传》的故事片段，神像为浙江东阳一带的朱金木雕，瓶子应是乾隆民窑，素白釉的观音是定窑。房子中间摆着一座朱砂大漆瓶式古玩架，一看便知乃是清代早期物品。整个茶室为了强化东方情调，除去使用古老中国喜爱的颜色，如石青石绿，朱砂赤金，显得庄重又沉静外；他还请人制造一些中国式图案的浮雕，挂在四壁。如神怪奇兽，珍禽异卉，杂技人物，博古器物，其形象都是神奇飘逸，雍容典雅，这便是那个时代（1840年以前）西方人对中国人的"社会集体想象"了。这种温文尔雅的想象与遥远的马可·波罗对东方的描述一脉相承，或者说是来自马可·波罗。但是到了1840年以后，西方人对中国的"集体想象"就变了。变成了亚瑟·史密斯《中国人之气质》那个样子了。

话说回来，雨果的"中国茶室"，同样体现了他绘画中那种对神秘事物的兴趣与关注。他的绘画的意义在于，他不是表现表面的视觉兴趣，而是叫我们逼真地看到他心灵里边的内容。只有好的画家才这样做。因为，真正的画家都是为了呈现自己的内心才画画。

一个有多种才能的人，如果他动用他所具备的第二种才能时，一定源自内心的渴望。因为，文字只能描述心灵，却不能可视地呈现心灵。唯此，雨果才用左手拿起画笔。

任何一种艺术都只能表现某一部分内容。文字写不出钢琴发出瞬息万变的声音，也描绘不出调色板上那些成百上千种色彩。所以，只有当我们看到了雨果、歌德、普希金、萨克雷、布洛克等人的绘画时，我们才更整体和深刻地了解他们。我所说的了解，不是指他们的才能，而是他们的心灵。

活着的空间

　　今年（1999年）是巴尔扎克诞辰二百周年，我在天津发起一个小小的纪念会，邀集此地的文学界人士抒发心怀，同时请来巴黎的巴尔扎克故居博物馆馆长卡尼欧先生等法国朋友做客，交谈感想。我还买了一些新版的巴尔扎克著作赠送给与会的文友——这其实更是一种情感行为，以表达我对巴尔扎克特殊而深远的敬意。

　　"文化大革命"期间，我的家被横扫，但《欧也妮·葛朗台》《夏倍上校》《亚尔倍·降伐龙》等几本巴尔扎克小说陪我度过了那个漫长和荒芜的十年。他对败坏殆尽的世道人心的揭露，使我心清目朗；他对被折磨的美的悲悯，给我的心灵以深切的抚慰。

　　所以，到了巴黎，我就来到巴尔扎克的故居；一走进这树木掩翳中低矮、宁静而简朴的屋舍，一阵莫名的亲切的气息扑在面上。心里禁不住响起一句话：

　　"我把我心中敬仰的人，带回他的家里来了。"

我感觉巴尔扎克真的从我心里走出来。我看见他在屋里走来走去，看见他躲在屋中逃债时的神情。这个当年叫作文森的地方的几间路边小屋，屋顶比路面还低。他选择这个地方居住，是为了不易被追债的人发现，但他一定还是常常心惊肉跳地躲在窗帘后边朝外张望。如果是不多的几个密友来访，他就隔着这薄薄的门板侧着耳朵去听敲门声是不是事先约好的暗号？

巴尔扎克故居通往院子的门

我还看见他站在小院里独立凝思。浓密的花树和木叶的气息包围着他。他身上裹着大氅，瑟缩着肩膀，这不正是罗丹为他雕塑的那个样子吗？他是由于衣单身冷，还是心底感受到了人世间的孤寂与彻骨的寒凉？

更深夜半，决不会再有债主出现。他就用这个深红色花边的瓷壶来煮咖啡，传说他一天至少喝一公斤咖啡；在浓烈的咖啡的刺激中，他锐利的思维一下子刺穿了那遮蔽世界丑恶的黑幕。于是，他入木三分地写下了19世纪中期巴黎人的形形色色。他这把大椅子正适合他壮硕的身躯，但他的桌子为什么这样小？他俯下的肌沉肉重的前胸几乎要把书桌压扁。然而，他就在这平平常常的小桌子上写出他一生中最重要的一批作品，创造出文学史那难以逾越的奇迹来。

我拉开他的抽屉，里边空无一物。

诞生过很多巨著的小书桌

　　曾经一个深夜，一个梁上君子潜入这屋内，也拉开了抽屉，但摸了半天也摸不到一个钱。他在隔壁的卧室里听到了，便说："别找了，白天我找了半天也没找到一个法郎。现在这么黑，你更不可能找到钱了。"于是那偷儿惭愧地离去。

　　我笑了。陪我参观的卡尼欧馆长问我笑什么？

　　我想说："巴尔扎克就在这儿。"但我没说，我怕这话被他当作笑话。但这个对于巴尔扎克虔敬极深的年轻的馆长，好像在我的神情中感悟到一些什么。他把我领到地下书库里，去看看有关巴尔扎克的藏书。他还特意叫我动手去翻翻巴尔扎克自己出的书。

　　我知道巴尔扎克在写作之前曾发誓创立一个出版社，并致力于一种袖珍版的小书。但由于经营不利，背上了如山的债务，以致终身难偿。于是我的手在抚弄这些书皮时，热辣辣地，仿佛触到了这位文豪饱受的磨折与苦难。我从没有触摸到有如布满针芒的书皮！但是卡尼欧为什么叫我亲自用手翻一翻这些书呢？他是不是也知道——只有切实的触摸，才有真切的感受？由此，我的问题便鱼贯而来。

　　尽管以前我对巴尔扎克十分熟悉，但总觉得隔着很大的时间与空间，为什么到了这里，完全没有了距离感？他普通，真实，活生生，面对面站着。甚至一伸手就可摸到他那又大又重的身躯。凡是他书中有的，这里一切都有；他书中没有的，这里也有——这便是他自己。为什么从作品理解作家，远不如从作家理解作品来得直接与深入？到底是作品大于作家，还是作家大于作品——或者说，只有把作家与作品融在一起，才是最完整的作品呢？

　　原来故居也是他作品的一部分。

我们多么需要这个故居！

没有故居，一切都会变得有限。

于是我想到一个关于故居的话题——

一个伟人去了。他的精神，他的往事，他的气质，他独有的人生内容，除去留在他的作品里，还无形和无声地散布在生活过的空间里——这就是他的故居。故居也是他的一种创造，一种生活创造和精神创造。在这里，无处不曾掠过他的身影，吸附他包括呼吸在内的全部生命的声响，浸入他的精神细节。即使一部大部头的传记，也只能记录他人生历程的一个梗概；即使再详尽的记述，也只是记下那些可记述的一部分往事而已。活脱脱的他，依然可感和可知地留在他生活过的空间里。等待着你去感受、理解与发现。故居是有灵性的——这也是故居真正价值之所在。无怪乎世界上一切名城，都保存着一些名人故居，世人不仅仅是为了提高城市的知名度，更不仅仅是为了旅游，尽管这两种作用都极大。它终极的意义是显示一个城市人文的高度与精神的深度。

我问卡尼欧馆长，为什么故居内陈设的巴尔扎克生前的物品不多？

他告诉我，巴尔扎克在这里生活了七年（1840—1847 年），此后他在巴黎市中心区买了一处房子，就搬到那里去了。但他只在那里生活了三年便患病辞世。他只活了 51 岁，肯定是被债务和写作压垮的。他死后，全部遗物都被妻子卖掉，而他那幢房子也早已拆除。卡尼欧说，他那些失落的遗物肯定还在什么人家里，但谁也无从得知了。于是，巴尔扎克又给人留下一片空白——这可不是物质的空白，而是空荡荡地充满了一种身后的苍凉。这一来，把我们与这位一百多年前不幸的大师又拉近了一步。

这是唯有故居才能给我们的感受与启示。但是，我们的名人们呢？梁启超、李叔同、曹禺、茅盾、冰心、梁思成、艾青、赵丹、林风眠、梅兰芳、傅雷、聂耳等等，他们的故居呢？有哪些已建成博物馆，哪些还在废置一旁，无人照看？

如果他们曾经生活过的空间被泯灭掉，那才是在人间真正的消失了呢。

在莎翁故居看到了什么?

　　来莎翁故居之前，我颇有点疑惑，我能看到什么？莎翁已故五百年，还会留下多少遗存？然而走进斯特拉福小镇却令我十分惊讶，在一片依旧是中世纪栅栏格式的街区里，莎翁出生的老屋，1574 年出生的登记册，去世时举行葬礼的小小的圣三一教堂，演出过莎翁剧作的剧院，克洛泊顿石桥，直到他父亲供职的镇政府的小楼，以及他家那些做铁匠、酒商、肉店、零售商的邻居与亲友的老宅，还都原样地保存在原地。这是谁的决定？怎么从来没人想去拆掉然后开发建楼呢？

　　我尤其喜欢古老的都铎式小楼。粗木结构的构架中间填上砖块与灰泥，这种建筑产生于 15 世纪末的都铎王朝。现在国内狂拆民居者的一个理由是西方建筑是石头的，坚固易存；中国是砖木结构，很难保留；但同样是木架加灰泥与砖块的都铎式民居都已五百岁以上，现在还在使用。

莎士比亚出生的小镇斯特拉福

其中镇上保存最好的都铎老屋，便是静静地立在亨雷街上莎翁的"大房子"了。它如今已作为莎士比亚故居博物馆使用。在屋内可以看到莎翁父亲制作皮制品的小作坊、主厅、客厅、睡房和厨房。这里冬天很冷，人们既善于生火取暖又善于防火；童年的莎士比亚一度睡在父母床下特制的抽屉里。

莎翁故居的"展出"方式独特。两三位穿着当时服装的男人与女人"生活"在房间里，做些活计聊聊天，有时参观者多了，他们会即兴表演莎剧的一个小片段或一段经典的台词。他们以这种方式把人们带进当时的生活氛围和莎翁的艺术里。

莎士比亚在这里度过童年、少年和一部分青年时代。结婚生子，走进生活。他11岁时在这里亲身经历过一次国王豪华的出巡，从而诱使他对宫廷生活迷恋、神往和充满遐想，并直接影响到他日后戏剧创作的题材与生活。

这里的人至今还说五百年前他离开故乡，是由于他跑到镇外狩猎时误入了私人的领地，惹怒领地的主人，挨了揍。他用一首讽刺诗报复，没想到这首诗被广为传颂，招来更大的怨恨，他为此躲到伦敦。然而，此时的英国和中国一样都已是戏剧的天下，致使莎士比亚身上潜在的戏剧才华得到惊人的释放。短短的十几年里他写出三十九部戏剧杰作和大量的十四行诗。那时人的生命短暂，人生的阶段与今天完全不同，1612年，48岁的莎士比亚就已翻过他的创作高峰。他返回到故乡颐养天年，四年后去世，当时不过52岁。

现今故居中他晚年的遗存并不多。毕竟时隔五个世纪，岁月太久，保存如是已不可思议。

我们到哪儿还能找到关汉卿？

而人家连狄更斯等人在莎翁故居窗玻璃上的签名还完好地保存着。说到狄更斯，他应是莎翁故居保护的功臣。19世纪40年代这座房子一度无主，面临拍卖，狄更斯组织了许多活动筹集资金，才把它购买下来，并作为国宝修复。随之便是各界有识之士与本地热心人组成的基金会，发起了范围更广的保护工作，包括镇内外相关遗存，连同莎翁母亲与妻子安乡村的故居。保护修复的态度之认真使人钦佩，连故居院子里栽种的花草都来自莎翁的作品。莎翁家乡的人如此珍视他，绝非因为他给家乡带来"知名度"和经济效益，而是真正知道他的价值。

莎翁故居之所以至今仍成为旅英游人的必往之地，是由于他的戏剧已成为人类共享的精神财富；他那些剧作《奥赛罗》《罗密欧与朱丽叶》《哈姆雷特》《威尼斯商人》《李尔王》《仲夏夜之梦》《第十二夜》等，至今还"活"在戏剧舞台上。

文学史看似是以作家的名字连贯成的，实际上是永不褪色的经典串起来的。唯有经典才能穿越时空，所有文学和艺术都逃不过历史的检验。

我还想再提一下狄更斯。一位作家能够如此下力气去保护另一位前辈作家的故居，不正是表现着他对文学真正的热爱与虔诚吗？

剪纸与安徒生

　　世界上只有一个国家以作家为标志，这就是安徒生的丹麦——丹麦的安徒生。

　　这是由于安徒生的童话世人皆知。或许有人说，丹麦不光一个安徒生，还有美人鱼呢，但美人鱼也来自安徒生一个深切动人的爱情故事《海的女儿》。与童话紧紧连在一起的国家是无限美好和充满魅力的。它叫人联想到纯洁、无邪。从人的"根"上，影响人的还是童话，安徒生是影响着全人类的作家。所以，丹麦人以他们的安徒生为荣，在这个国家，几乎处处可以看到安徒生童话中的人物和他的自画像，还有一种用纸剪成的类似太阳神的头像——这是安徒生剪纸作品的标志，名叫"太阳头"。

　　剪纸对于中国人来说毫不陌生。它为人们喜闻乐见。人们拿它自娱自乐，多用红纸来剪，象征着喜庆。在许多地区的村落里几乎人人擅长。我国的剪纸用途广泛，题材丰富，技艺精湛，已被列入世界文化遗产。欧洲也有剪纸，但与中国不同，通常称作剪影，主要是剪取人物侧面背光的影像，所以，多用黑色的纸。欧洲的剪影追求逼真，虽然不剪眼睛，只是一个侧影，也能惟妙惟肖。我曾在巴黎塞纳河边，花五欧元，请一位街头剪影艺人为我剪头像。他取一片小小黑纸，手执银色小剪，站在我的一侧，边看我边剪，如画家画肖像，黑纸片在他剪刀间转来转去，须臾间，即完成，笑嘻嘻递给我，竟连我也觉得酷似我了。

　　当然，安徒生的剪纸不全是这种传统的欧洲剪影，有些很像中国的剪纸。在他的故乡欧登塞的故居博物馆里，我见到他的一些剪纸作品，看上去很像我国北方赫哲族和满族信仰类的剪纸，生动、随性、纯朴，形象还有些怪异。这些形象并非神像，而是安徒生脑袋里蹦来蹦去的童话人物。

　　安徒生对剪纸之爱到痴迷地步。他用来剪纸的剪子，剪刀较长，剪尖很尖，剪把是一对套指的铁圈，很像医生用的手术剪。他爱好旅游，出行时，多半要把剪刀戴在身上，以致曾经不小心被剪刀尖扎伤。

　　剪纸并非只是他的一种艺术爱好，而是他童话的一部分。他常常在给孩子们讲童话时，一边讲，一边剪纸。我国陕西、山西、河南和内蒙古等地的剪纸艺人也是这样——边说边剪，随心所欲。

　　他剪纸是即兴的，讲的故事也常常是兴之所至，任意发挥；有时，他用剪子把口中故事里的人物剪出来。有时，他受到剪纸形象的启发，故事再讲下去，就更生动、更紧张、更有趣。他让这些剪纸形象有声、有色、有个性、有命运。这时，他的剪纸与童话的创作便浑然成为一体了。

依我看，安徒生的剪纸通常是把一张纸左右对折起来再剪，他只剪形象一边的轮廓，打开就是一个完整的形象；剪出一只眼，打开就是一双眼；所以，他剪纸的形象大都是对称的。有时，他先把纸左右对折，再上下对折，进而又对角一折，剪出的图案上下左右相互呼应，十分丰富与热闹。记得我上小学时有手工课，学过这样的剪纸，把纸横竖折好，再剪出各种尖的、半圆的、菱形的花样，最后打开一看，会出现意想不到的一个十分美丽的图案。

安徒生为了叫孩子们感兴趣，所剪的形象大都是夸张的、变形的、有表情的，无论是厨娘、魔鬼、小丑、舞者、牧师、巫婆、海盗、皇后，还是天鹅、城堡、风车、磨坊、禽鸟、昆虫、花草等等，全都是可爱逗趣，神气活现。因为，这些形象都是在安徒生讲故事时出现的，所以，个个会笑会哭会说话。我想，当他最后把剪成的纸一打开，一准让在场的孩子惊喜万状。安徒生启示人们，最生动的童话，都是想象出来而不是趴在桌上写出来的。

俄罗斯作家契诃夫对他的女弟子阿维洛娃说："你递给我一只茶杯，我马上就用茶杯写出一篇小说。"接着，他说了关于小说写作的一句"伟大的话"。他说："小说是想出来，而不是写出来的。"

安徒生也说过类似的话："你在纸上点一滴墨水，把纸叠起来，朝四面挤压，就会出现某种图形。你要有想象力和绘画意识，画就出现了；你要是天才，就会有一幅天才的画。"

想象不是凭空的，有时要借助一些由头。对于有艺术想象潜质的人，想象往往需要诱发，一种意想不到的刺激与启动。比如安徒生，这诱发常常来自剪纸。在对折和多折的纸上可以剪出意想不到的效果。剪一双大眼睛，没想到打开后这双眼睛在哭；剪一颗心，打开之后竟然在一个人身上出现两颗心；在一个半圆的形体下边剪几条曲线，以为是太阳，打开后变成一条傻乎乎游动的章鱼了。剪纸是可视的形象艺术，它可以直接唤起形象的联想。

尽管童话是用写作完成的，但安徒生的构思与灵感却常常来自他的剪纸。所以，安徒生说自己"剪纸是写作的开始"。这是我以前不知道的。我原先只把剪纸看作他的一种爱好。现在才明白，剪纸是他童话创作的一部分。当然，他不是写作才剪纸，但剪纸唤起了他创作前期最重要的精神活动——想象。

有人说，安徒生一生留下的剪纸约一千幅。这显然不是他实际剪纸的数量。他生前剪纸都是随意、随性和随时的，不会刻意去保存；再说纸张日久变脆，难以珍藏，因此，他剪过的剪纸至少还要多几十倍。如今，人们从他留下的剪纸上，已经辨认不出哪个是"卖火柴的小女孩"，哪个是穿"新衣"的皇帝，也许，其中不少剪纸故事没有写出来过，但安徒生的剪纸，无疑是他文学世界与童话天地不可或缺的极重要的一部分。

安徒生真是一个"独一无二"的作家。

讲演录

　　人类的文明史一共就几个阶段，一个是自发的文明，一个是自觉的文明，一个是文明的自觉，三大步。在墙上信手画一画，那是自发的；后来把画画、跳舞当作生活中的一种文化，当作一种仪式，当作一种艺术，这就从自发的文化变成自觉的文化；而我们把它当作一种事业，一种传统，要保护和传承它，我们就有了一种文明的自觉，也就是文化的自觉。

　　　　　　　　——《我们这个时代的文化使命》

春分

chunfen

春天和夏天正中间的那一天,就是今天,我们叫"春分"。春分这天的昼夜是相等的。

——《四季·诗画·读书》

四季·诗画·读书
——在天津财经大学的讲座

<hr/>

四 季

今天是春分，同学们都知道吧？（有人说知道，有人说不知道。）你们知道不知道二十四节气是世界文化遗产？知道的请举手。（一些同学举起了手。）不算太多，但我很高兴还是有人知道。我在别的地方曾反过来问，二十四节气是世界文化遗产吗？没人回答我。这是我们文化人的责任，我们中国一个重要的历史文化的创造被世界公认，被世界所享用，应该由我们告诉老百姓，告诉年轻人。所以我要先讲一件我们的四季。

中国人的四季很独特。有一年冬天，我去了趟新加坡，那个地方"终年都是夏，遇雨即是秋"，全年气温都高达三十多度，只有下一场雨才能凉快一点，但很快又热起来。在那儿我遇见一个东北人，他告诉我，每到冬天他必须回家一次，不是为了过年，而是要回去冻一冻，他说："我要是不冻一下，都不知道一年过去了。"中国人的四季，是深深记在我们的骨头里、我们的血液里。在二十四节气要评世界文化遗产的时候，我特地给文化部一个主管的副部长写了封信，说我特别担心我们的二十四节气评不上世界文化遗产，因为它是我们中国人、特别是黄河流域的人，对四季的独特感受。黄河流域四季是分明的，二十四节气主要就是黄河流域的人，经过农耕社会七千年以上与大自然的融合交流，一代又一代的人把对四季的感知和积累的经验传给下一代，慢慢才总结出来的。

当然，其他国家也有四季，听过维瓦尔第的音乐《四季》，我们就能知道西方人对四季的感知。但我们中国人把四季分成了二十四节气，每一个季节的开始，我们叫立春、立夏、立秋、立冬。中国人很了不得，当春天真正来到的时候，我们叫"立春"，就是春天立住了，多么形象！春天和夏天正中间的那一天，就是今天，我们叫"春分"。春分这天的昼夜是相等的。夏和秋的中间叫夏至，秋和冬的中间叫秋分，冬和春的中间叫冬至。"分"和"至"不一样，最热的夏季和最冷的冬季，中间那天用"至"，而春季和秋季昼夜相等的那天，用的是"分"，你们体会一下，中国人的用字，多么讲究！

在这十几年的文化遗产抢救中，我们搜集到老百姓留下的谚语有几百万条，其中相当一部分都是农谚。老百姓的农谚都是根据不同的节气，种不同的庄稼，指导人们的生活。有条谚语"二八月乱穿衣"，说的正好是春分这个时候，你们看，台下你们穿什么的都有，有防寒服的，也有穿 T-shirt 的，前后两个季节的衣服都有人穿。这个时候又有一句谚语，叫"春捂秋冻"，这是中国人的养生之道。春捂，就是得捂着点儿，把冬天的着衣习惯延长一点儿，这样才不至于生病；到了秋天，你再延续夏天的穿衣，往冬天里走一走，这样能一点一点适应寒冷。中国人就这样跟自然融合，我们多么懂得自然，我们多么懂得生活，我们多么懂得生命！我们作为二十四节气的创造者，首先要尊崇我们的文化。

无论中国人还是外国人，在不同的季节，我们感受到气候的变化、阳光的变化、风的变化，我们看到不同的花朵，我们听到不同的鸟鸣，都给我们耳目一新的愉悦。我们感受到自然不同的气息，这才有了吟咏四季的诗篇。

中国的古人有一个特点，就是因景生情。你看苏东坡有一首思念好友的词："去年相送，余杭门外"，去年在杭州城门外送别友人，"飞雪似杨花"，漫天飞雪好像扑面而来的柳絮一样，"今年春尽"，今年春天快结束了，"杨花似雪"，满天飞絮像雪花一样，让人不禁想起去年同样的感受，就是雪和杨花的联想，然后他就写了一句很有感情的话，"犹不见还家"。

因景而生情，这是我们中国人情感的丰富。我们因景而生情，最明显的表现就是"团圆"。我们把团圆看得比什么都重要，这是我们的民族性，也是我们中华民族五千年生生不息的一个重要原因。中国的节日特别看重团圆。春节，除夕当晚如果你在外地不能回家，你一定会给家里打一个电话拜个年，那时候你打电话问候的声音，都跟平时不同，你的声音是急迫的，是亲切的，是炽热的，我们民族文化的DNA那一瞬间在你血液里发作了。中秋节正好是丰收的时候，辛苦农耕的人们有了收成，高兴的时候要全家聚在一起吃一顿饭。中秋节又正好是一年里月亮最圆的一天，人们就把月亮的圆满和人间的团圆联想到一起，于是就做了个饼子，形状就像圆圆的月亮，人们要品尝自己丰收的成果，还要做一点甜的馅儿，把心里的甜蜜放入饼子里。看我们中国人，那时候虽然穷困，但我们的生活多么有诗意！比现在有诗意得多。那时候的我们，懂得自然，懂得人生，懂得生命，懂得生活里什么才是珍贵的。

诗　画

作家、音乐家、画家都喜欢把四季表现在自己的作品里。像维瓦尔第、柴可夫斯基等等音乐家，都写过不同季节的音乐。韩美林在威尼斯大学办画展的时候，他请我去致辞，我当时说了一句话：绘画跟文学是不一样的，文学是需要翻译的；绘画跟音乐是一样的，因为二者都不需要翻译。但画家、音乐家、文学家，无论作品是不是需要翻译，他们都把人们对四季的感情传达了出来，因此才产生人类文明的经典。

但中国人的艺术跟西方不一样。画与诗文，在中国的文化里是一体的。所以王维才说，"诗是有形画，画是无形诗"。苏东坡又说王维是"诗中有画，画中有诗"。去年10月韩美林的展览之后，我特地拿出二十多天，围着意大利文艺复兴的那些城市转了一圈，发现了一件很重要的事情。文艺复兴不仅是文艺的复兴，也是科学、哲学和人文精神的复兴。那时候，画家从科学里拿来两样东西进入西方的艺术，一个是透视法，一个是解剖学。西方的雕塑讲究解剖学，对身体的肌肉、骨骼有着精准的表现，但我们中国的雕塑不讲究解剖学，我们讲究的是"传神"。西方的风景画讲究透视法，画里有很强的空间感，但我们中国的风景画不讲究透视，我们讲究的是"意境"。所谓意境，就是"诗意"。绘画里面有没有诗意，是中国人衡量绘画的标准，跟看西洋画是完全不同的。

　　我曾经有一次给一些美国的老师讲中国的艺术，他们觉得很有趣。我对他们说，你们看中国绘画，一张白纸上画着一条鱼，这鱼可不在白纸上，而是在水里边，所有中国人都不会认为它在白纸上。中国人的思维、中国的艺术特点，跟西方全然不同，我们有自己非常独特的审美体系。我又拿一幅齐白石的画举例子。这幅画是很长的细条状，有一丈多长，从上往下看全是白纸，快到底下三分之一处，有一片秋天的枯叶，叶子上趴着一只头朝下的蝉，下面又是一块白纸，旁边有两句诗——这是中国画的特点，西方人不会在画里写文字的，但我们经常题诗，诗画是相生的，当绘画不能把所有意思都表达出来时，诗可以帮助绘画——齐白石的两句诗写的是："鸣蝉抱叶落，及地有余声。"知了正叫着，风一吹，它抱着叶子掉了下来，你再一看，上面不是白纸，而是一个有声的空间。这是中国绘画的智慧，中国艺术的智慧。如果我们不知道我们祖先的智慧，我们如何理解我们祖先的艺术和表达情感的方式？

　　中国艺术最有意思的地方就是诗画相通。这本书也很有意思。它并不是我专门写的，是百花出版社编辑的主意。他喜欢文学，也喜欢绘画。他忽然觉得，可以把我散文的片段和画的片段剪裁之后，编成一本书，让绘画内在的东西，跟诗文里所表现的那种形象的、可视的、画面性的东西，能够融为一体，给人别样的感受。这本书好就好在，它体现出一个道理：最好的文章都在片段里。我们读诗，能记住的都是里面某些句子，整首诗未必记得住；我们读文章，往往能记下来的也是最精彩的片段；画面也往往是某个局部打动人，让人觉得特别精彩。这本书把最精彩的东西结合起来，是一个创意。我表面上在说这本书，实际上说的还是中国艺术的特点。

说到诗画相通，我再补充一个道理，就是钱锺书先生提出的一个概念，叫"通感"。他说，人的感觉是相通的，你的听觉、视觉、味觉、嗅觉，看起来不一样，实际是相通的。比如我们形容一个声音特别"响亮"，说"响"是有道理的，但我们为什么还要加一个"亮"？亮是视觉的，并不是听觉的，可是当你听到一声巨响，你的视觉也有感觉。我们的祖先很明白这一点。艺术与理工科最大的不同就在于，艺术不是认识，而是感悟。我们的艺术就是凭着感悟，把文学和绘画连在一起。

读　书

曾有一本美国的杂志评选人类20世纪最伟大的发明，评出的结果并不是电视，而是抽水马桶，因为马桶是没有副作用的。20世纪后半叶人类几乎一切伟大的发明都有难以克服的负面。比如电视，每天给我们的全是消费新闻、浅显的信息。现在我们又有了手机。我们如果一天不带手机，就仿佛跟世界失去联系，到了另外一个星球，谁都离不开手机——我也离不开。但我觉得，还得要读书。因为计算机给你的东西，无论如何都是碎片的，计算机很难形成思想，很难形成体系性的知识。

我一直认为，小学主要学的是常识，中学主要学的是知识，研究生必须得有理念、观点，博士一定得有思想。而大学，最重要的是视野。有了开阔的视野，将来你做的事情可能跟大学里学的专业不一样，你可能找到最适合自己潜质的职业。就像鲁迅原来是学医的，如果后来当医生，他对文字的天才可能就浪费掉了。如果你没有宽阔的视野，就只能在老师规定的范围里转圈，可能就浪费了你的天赋。视野从何而来？视野来自读书。

前几天政协会开完之后，央视《读书》栏目的导演找到我，请我讲一讲读书。我讲的不是学习专业的读书，而是专业之外的读书。专业之外的书无非有两种，不见得都是纸媒的，也可能是电子的——这两种书一种是修养式的书，一种是消费式的书。

所谓消费式的书，意思是说，这本书拿出来就是让你消费的。我们现在是在市场社会里，市场社会的方式就是消费，就是尽量刺激你的消费欲，来达到经济的目的。最近文艺界对"小鲜肉"明星产生热议，我的意见是，不必对"小鲜肉"太担心，因为"小鲜肉"是消费品，过些日子可能就是"小陈肉"了，他不可能一直都是"小鲜肉"，那就不符合消费规律了。消费文化最大的特点就是不断地换品牌，品牌不断地换款式。消费需要刺激你，需要引起你的好奇，它不给你留下永恒，不追求深刻，不需要给人思想，不需要养育你的气质。养育气质是不容易的。让你富起来很容易，给你钱你马上就富起来。但是让你有气质和风度很难，因为那是文化和人文不断地在你身上陶冶的结果。你要追求人格的健全，要追求风度和修养，要追求韵致，要给你的人生以自信，要享受你的精神美，这时候就需要选择有修养的书来读。

　　读消费式的书，还是修养式的书，在选择读书之前，你必须先想好这个问题。不要因为年轻就忽视这个问题。人生的每一个阶段都是有限的，你一旦毕业工作，就跟你的学生时代告别了；你一旦当了爸爸妈妈，就跟你的青年时代告别了。每个阶段都有限，而青年是最重要的。如果你在青年时代，人生基础没打好，人生的准星没有看明白，那你以后一连串的选择都可能是错的。所以要珍惜这段时间，珍惜年轻时的精神质量和精神准度。

绘画是文学的梦

████████　我曾经使用这个题目做过一次演讲，是在美国旧金山我的画展期间。我相信那一次大多数人没有弄懂我这个题目里边非常特殊的内涵。因为多数听众只是单纯对我的绘画有兴趣，抑或是我的文学读者。只有极少的人是专业人士。

我这个话题的题目听起来美，但内容却很专业，范围又很偏狭。它置身在绘画与文学两个专业之间，既非绘画的中心，又非文学的腹地。我身在两个巨大高原中间一个深邃的峡谷里。站在高原上的人无法理解我独有的感受。但我偏偏时常在这个空间里自由自在地游弋；我很孤独，也很满足。现在，我就来挖掘这个空间中深藏的意义。

我之所以说"绘画是文学的梦"，却不说"文学是绘画的梦"，正表示我是站在文学的立场上来谈绘画的。一句话，我是表达一个写作人（古代称文人）的绘画观。

一

　　文人在写作时，使用单一的黑墨水，没有色彩。色彩都包含在字里行间，而且他们是通过抽象的文字符号来表达心中的想象与形象。这时，文字的使命是千方百计唤起读者形象的联想，唤起读者的画面感，设法叫读者"看见"作家所描述的一切，也就是契诃夫所说的"文学就是要立即生出形象"。但是这是件很难的事。怎么才能唤起读者心中的画面？这是一个大题目，我会另写一篇大文章，来描述不同作家文字的可视性。而此时此刻，另一种艺术一定令写作人十分地向往和崇尚——这就是绘画。

　　所以我说，人为了看见自己的内心才画画。

　　我相信古代文人大都为此才拿起画笔的。

　　但是，一旦拿起笔来，西方与东方却大不相同。

　　对于西方人来说，绘画与写作的工具从来不是一种。他们用钢笔和墨水写作，用油画颜料与棕毛笔作画。如果西方的写作人想画画，他起码先要学会把握工具性能的技术和方法。尽管普希金、歌德、萨克雷、雨果等都画得一手好画，但毕竟是凤毛麟角。在西方人眼中，他们属于跨专业的全才。

　　可是在古代东方，绘画与写作使用的同样是纸笔墨砚。对于一个东方的写作人，只要桌有块纸，砚中余墨，便可乘兴涂抹一番。自从宋代的苏轼、米芾、文同等几位大文人挥手作画之后，文人们的亦诗亦画成了一种文化时尚。乃至元代，文人们在画坛集体登场，幡然一改唐宋数百年来院体派和纯画家的面貌，展现出前所未有的文人画风光奇妙的全新景观。

　　我对明人董其昌、莫是龙、孙继儒等关于文人画和"南北宗"的理论没有兴趣，我最关心的是究竟文人画给绘画带来什么？如果从表面看，可能是令人耳目一新的笔墨情趣，技术效果，还有在院体派画家笔下绝对看不到的将文字大片大片写到画面上的形式感。但文人画的意义决不止于这些！进而再看，可能是文学手段的使用。比如象征、比喻、夸张、拟人。应该说，正是由于从文学那里借用了这些手段，才确立了中国画高超的追求"神似"的造型原则。但文人画的意义也不止于此！

　　文人画的意义主要是两个方面：

　　一是意境的追求。意境这两个字非常值得琢磨。依我看，境就是绘画所创造的可视的空间，意就是深刻的意味，也就是文学性。意境——就是把深邃的文学的意味，放到可视的空间中去。意境二字，正是对绘画与文学相融合的高度概括。应该说，正是由于学养渊深的文人进入绘画，才为绘画带进去千般意味和万种情怀。

　　二是心灵的再现。由于写作人介入绘画，自然会对笔墨有了与文字一样的要求，就是自我的表现。所谓"喜气与兰，怒气与竹"，"逸笔草草，不求形似，聊发胸中之逸气耳"，都表明了写作人要用绘画直接表达他们主观的情感、心绪与性灵。于是个性化和心灵化便成了文人画的本质。

　　绘画的功能就穿过了视觉享受的层面，而进入丰富与敏感的心灵世界。

　　如果我们将马远、夏圭、范宽、许道宁、郭熙、刘松年这些院体派画家们放在一起，再把徐渭、梅清、倪瓒、金农、朱耷、石涛这些文人画家放在一起，相互对照和比较，就会对文人画的精神本质一目了然。前者相互的区别是风格，后者相互的区别是个性；前者是文本，后者是人本。

在中国绘画史上，文人画兴起不久，便很快就成为主流。这是西方所没有的。正因如此，中国画最终形成了自己独有的艺术体系与文化体系。过去我们常用南北朝谢赫的"六法论"来表述中国画的特征，这其实是很荒谬的。在南北朝时代，中国画尚处在雏形阶段；中国画的真正成熟，是在文人画成为主流之后。

因为，文人画使中国画文人化。文人化是中国画的本质。

在绘画之中，文人化致使文学与绘画的结合；在绘画之外，则是写作人与画家身份的合二而一。

西方的写作人作画，被看作是一种跨专业的全才；中国文人的"琴棋书画，触类旁通"，则是理所当然的。因而中国人常把那种技术高而文化浅的画家贬为画匠。这是中国画一个很重要的传统。

然而，这个传统在近百年却悄悄地瓦解了。其中最重要的原因，是书写工具的西方化。我们用钢笔代替了毛笔。这样一来，写作人就离开了原先的纸笔墨砚；绘画的世界与写作人渐渐脱离，日子一久竟有了天壤之别。当然，从深远的背景上说，西方的解析性思维一点点在代替着东方人包容性的思维。西方人明晰的社会分工方式，逐渐更换了东方人的兼容并蓄与触类旁通。于是，近百年的画坛景观是文人的撤离。不管这样是耶非耶，但这是一种被人忽略的画坛史实。这个史实使得近百年中国画的非文人化。

正因为非文人化的出现，才有近十年来颇为红火的"新文人画"运动。但新文人画并非是写作人重新返回画坛，而是纯画家们对古代文人画的一种形式上的向往。

二

我本人属于一个另类。

我在写作之前画了十五年的画。我的工作是摹制古画，主要是摹制宋代院体派的作品。恰恰不是文人画。

平山郁夫曾一语道出我有过"宋画的磨炼"，这说明他很有眼光。我的画里没有黄公望与石涛的基因，只有郭熙与马远的影子。正像我的小说没有昆德拉和赛林格，只有巴尔扎克、屠格涅夫、蒲松龄、冯梦龙、鲁迅，还间接有一点马尔克斯。

我自20世纪70年代末与绘画分手，走上文坛，成为第一批"伤痕文学"作家。在80年代，我几乎把绘画忘掉。那时，我曾经在《文艺报》上发表过一篇文章叫作《命运的驱使》，写我如何受时代责任所迫而从画坛跨入文坛。但当时，人们都关心我的小说，没人关心我的画。我的脑袋里也拥满了那一代人千奇百怪的命运与形象。就这样，我无名指上那个常年被画笔的笔杆磨出的硬茧也不知不觉地消退了。

到了90年代初期，我重新思考自己下一步的创作道路，陷入苦闷。在又困惑又焦灼的那一段时间里，无意中拿起画笔，只想回到久别的笔墨天地里走一走。忽然我惊呆了。我不是发现了久违的过去，而是发现了从未见过的世界。因为，我发现心灵竟然可以如此逼真并可视地呈现在自己的面前。

但是，现在来认识自己，我并没有什么重大突破和发现，我只不过又回到文人画的传统里罢了。

三

我与古代一般的文人不同的是，我写过大量的小说。每篇小说都有许多人物。小说家总是要进入他笔下每一个人物的心中。就像演员进入角色，体验不同情境中特定的情感与心境。我相信任何小说家的内心都是巨大的情感仓库。他们对情感的千差万别都有精确入微的感受。比如感伤，还有伤感、忧虑、忧郁、忧愁、愁闷、惆怅等，它们的内涵、分量、给人的感觉，都是全然不同的。它们不是全可以化为画面吗？一旦转为画面，相互便会大相径庭。

我现在作画，已经与我二十年前作为一个纯画家作画完全不同了。以前我是站在纯画家的立场上作画，现在我是从写作人的立场出发来作画。

尽管现在，我作画中也有愉悦感，但我不是为自娱而画。绘画对于我，起码是一种情感方式或生命方式。我的感受告诉我，世界上有一些东西是只能写不能画的，还有一些东西是只能画不能写的。比如我对"三寸金莲"的文化批判，无法以画为之；比如我在《思绪的层次》中对大脑的思辨中那种纵横交错、混沌又清明的无限美妙的状态，只有用画面才能呈现。

尽管我对画面上水墨的感觉，对肌理效果、对色彩关系的要求，也很严格甚至苛刻，但这一切都像我的文字，必须服从我的心灵，而不是为了水墨或肌理的本身。

我之所以这么注重心灵，还是写作人的观念。因为文学最高的职责是挖掘心灵。

四

关于绘画的文学性。我明确地不把诗作为追求目的。

绘画是静止的瞬间，是瞬间的静止与概括；诗用一滴海水来表现整个大海，诗是在"点"上深化与升华。所以诗与画最容易结合。在古人中，最早这样做的是王维。故此苏轼说"味摩诘之诗，诗中有画；观摩诘之画，画中有诗"。诗是中国绘画与文学的结合点与交融点。

但我不是诗人，我写散文。我的散文非常强烈地追求画面感，那么我也希望我的画散文化。尤其是对于现代人，更接近于散文而不是诗。

散文与诗的不同是，散文是一段一段，是线性的。但线性的描述可以一点点地深化情感和深化意境。同时使绘画的意境具有可叙述性。诗的意境是静止的。散文的意境是一个线性的过程。但这不是我创造的，最初给我启发的是林风眠先生，林风眠先生的画就是散文化的，还有东山魁夷的画。

说到这里，我应该承认，我的画不是纯画家的画，我在当今应是一个"另类"。应该说，在写作人基本撤离出画坛的时代，我反方向地返回去，皈依文人画的传统。我愿意接受平山郁夫对我的评价，我是一种"现代文人画"。

五

现在我从梦里醒来，回到很现实的一个问题里。

今年一次在北京参加会议，忽然接到一个电话，声称是我的铁杆读者，心里憋口气，想骂骂我；为此他喝了两大杯酒。酒劲上头，乘兴把电话打来。我便笑道："你想说什么，尽管说吧。批评也好，骂也无妨，都没关系。"

他被酒扰昏了头，有的话来来回回说了好几遍。我却听明白，他说我亦文亦画，又投入城市文化保护，又搞民间文化遗产抢救工程。他说："你简直是浪费自己。除去写小说，那些事都不是你干的！不写小说还称得上什么作家！你对读者不负责！"他挺粗的呼吸通过电话线阵阵撞在我的耳膜上。我只支应着，笑着，一再表示接受他的意见。我没做任何表白，因为此时不是交流的时候。

我常常遇到这样的读者，他们对我不满。怎么办？

不久前，我为既是作家又是画家的雨果写了一篇文章，叫作《神奇的左手》。里边有几句话，正是我想对我的读者说的："你看到过雨果、歌德、萨克雷等人的绘画吗？只有认真地读他们的书又读他们的画，你才能更整体和深刻地了解他们的心灵。我所说的了解，不是指他们的才能，而是他们的心灵。"

年画是民间艺术的龙头

——在首届中国木版年画国际研讨会上的讲话

■■■■ 欢迎你们。

中国民协在朱仙镇召开的这次会能够吸引来这么多学者，有些学者还不远万里，来自大洋彼岸，为什么？我想是两个原因，也是年画的两个魅力：一个是它的艺术魅力，一个是它的文化魅力。我们讲艺术魅力，自然要讲年画造型的特点，它的色彩，它独特的语言，它的版味儿，等等。但是要讲文化魅力，就是很有意思的事了。我先把年画放在文化层面上，谈谈文化大背景下的一些问题。

首先说，当我们把一个事物视为一种文化，一定跟它有了一个距离。这距离，或者是空间性的，或者是时间性的。比如说，我们现在看"文化大革命"，我们是站在另一个时间——至少有三十年的时间距离来看"文化大革命"。于是我们看清了它非常独特的文化形态。再比如我们看上海的 20 世纪 30 年代。我们与那个时代已经有七八十年的时间距离，自然就能看到上海滩特有的"十里洋场"的殖民性的文化形态。这就是时间的距离。还有一种空间的距离。比如一个外国人看中国的文化，他会觉得我们的文化很新奇，很异样，很独特。他们看得很鲜明，轮廓清晰，形象的特征十分明确。往往我们生活在这文化之中是没有这种感觉的。总的来说，当我们对一种文化形态产生了认识的时候，我们已经进入另外一个历史阶段——历史时间；或者站在了另一个空间——文化空间。从这个意义上说，我们现在看民间文化——我们把年画作为一种文化，也是因为我们站在另一个历史时间和文化空间来看的。

我先说历史时间。

农耕时代正在从我们身旁消失。现在，我们的一只脚还没有离开农耕时代，另一只脚已经踏入工业时代中。整个的人类历史上，实际只有两个文明的转型期。一个文明转型期就是从渔猎文明转型到农耕文明。这个时期大概是从龙山文化到河姆渡文化，离我们现在七千年到五千年的这个时期。但是在那个转型期，人类没有保护自己文化的自觉，所以渔猎文明基本上没有留下什么东西。最多也就是一些甲骨文，一些岩画上的十分简略的图像与符号。此外就再没有留下什么遗存了。

今天我们赶上另一个转型期，就是我们这一代人赶上了从农耕文明转型进入现代工业文明时期。原有的农耕文明架构下的文化都在迅速地瓦解、消失、涣散、泯灭。我们中国的情况又很例外，这种转型不是线性的、渐变的，而是从"文化大革命"进入改革的。我们跟西方的现代化国家不一样，他们有一个线性的转化的过程。在这个过程中，知识分子是比较容易把这个文明的转变看清，并做出自己的反应。我们是突如其来的。所以，前些日子在中央美术学院举办的全国高等院校非物质文化遗产保护教学研讨会上，我说："我们现在农耕文明架构下的整个文化的瓦解与消亡，既是'正常死亡'也是'非正常死亡'。"从整个的社会进步来讲，它的死亡是正常的。原有的农耕文明必然要瓦解和消失。但是由于我们对原有的农耕文化心里没有底数，我们从来没有对自己的民间文化做过调查；而现在，不等我们反应过来，工业文明的浪潮就要把它们席卷而去，所以它又是一个"非正常死亡"。农耕文明正在烟消云散，大量的文化正在速死，死得缄默无声。所以我说，每一分钟我们的田野里、山坳里，都有大量的、迷人的、灿烂的民间文化无声无息地死去。

现在，再来说文化空间的问题。我们现在看民间文化已经不是站在农耕时代里看农耕文化，而是站在工业化和全球化时代来看农耕文化。这就涉及当代文化最重大的问题——全球化冲击。我们中国在近百年以来，国门洞开，中外文化碰撞，共有两次。一次是从清末民初直到"五四"前后的时代。那次打开大门的时候，我们面对着的西方文化是一个文化整体。在那个时代，我们对外部文化是有机会、有时间进行选择的，那一代的知识分子基本上是站在文化的前沿向我们的国人介绍西方文明的精华。他们所介绍的西方哲学，从苏格拉底到斯宾诺莎一直到马克思；他们对西方的文学介绍从莎士比亚、托尔斯泰到罗曼·罗兰。巴金、鲁迅、郭沫若翻译的西方作品，全是西方名著，全是西方文化的精华。那时的知识分子可以沉住气又很从容地做这些事情。但是这一次不行。这一次我们打开国门，涌进来的是承载着商品经济的商业文化。它根本不管你的文化传统，也不管你官方的意识形态，什么都不管，呼啦一下子就进来了，所向披靡，大肆地冲击我们。因为它有两个载体，一个是电视，一个是报纸，都是强势的、霸权的媒体。从超级市场到麦当劳、好莱坞、NBA、旅游、歌星、影星、球星、时装，五光十色的名牌一下子一拥而入。因为这都是商业文化，是要卖钱的。它拒绝永恒，它必须是不断地花样翻新，不断地制造商机。所以商业文化一定是粗鄙化的、快餐式的、一过性的。我们没有准备。我们搞了半个世纪的计划经济，根本没有商业文化。原有的商业文化只是那种古老的、传统的通俗文化，带着一点点商业性而已。面对着这种外来的、强势的、现代的商业文化，我们无所措于手足。这种商业文化也可以叫作"流行文化"。近一二十年，以流行文化为主体的商业文明猛烈地冲击着我们，有时会感觉我们的文明要被冲散了。

我想，下边我们应该回过身来，看看自己的文明是以一个什么样的状态迎接这个外来冲击的。博大精深吗？不，我们是以一种粗糙的、松散的文化状态接受这一雷霆万钧的文化碰撞的！不要以为我们文化的粗鄙化来自改革开放，来自西化。可以讲，中国文化粗鄙化的过程至少有三百年的历史，始于满人入关。原来我们还挺得意，认为汉文化很厉害，中原文化很厉害，足可以把一切外来文明同化了，消化了。实际上同化从来都是双向的。你在同化我的同时，也被我同化了一部分。所以，当博大精深的汉文化同化满文化的同时，也被满文化这种积淀比较粗浅的马背文化稀释了。清朝的三百年基本上是一个逐渐被粗浅化的过程。到了1840年鸦片战争之后，一受到外来文化冲击，我们的文化就变得松散了。然后跟着就是五四运动。五四运动的进步性是不容置疑的，但是五四运动的文化倾向于把传统文化作为对立面的，把传统放在一个反面的位置。从那个时候中国的革命一直把传统文化作为反面的角色。到了20世纪50年代以后，就经常把传统文化作为革命的对象，不断地从传统文化里寻找"敌情"，一直到"文化大革命"。到了"文化大革命"的后期，我们中国人对传统文化的概念只剩下"批红楼""批水浒""批克己复礼"三句话。一个民族不管你原有的文化多么博大精深，关键要看你现在这一代人对自己的文化知道多少，还有多少文化的自豪感和自尊心，这是最重要的！到了改革开放打开国门，迎头撞来的就是"流行文化"。不要埋怨媒体天天折腾的都是一些流行的歌星、影星，都是奶声奶气，都是一惊一乍的作秀。媒体是企业，媒体要活，它必须有卖点。它必须不断地制造刺激性，不断地制造意外，不断地造势和炒作。媒体本身就是制造商业文化的。我前些日子给《北京青年报》写了一篇文章《当代大众的文化菜单》，我说当今媒体给大众提供的主要是两道菜，一道菜是名人，一道菜是时尚。

媒体制造名人。历史上任何时期也没有现代媒体这么会制造名人。媒体可以使一个人一夜之间名满天下。媒体每天追逐的就是名人。名人的各种各样的行踪、逸闻、结婚、离婚、再婚、婚外恋、出事、惹事、祸事等，全在媒体的视线里。为什么？因为它需要不断的卖点。为此，名人是现代媒体的主角，也是大众所关切的看点。

另外一个就是时尚。前些日子我在山东省跟青年学生谈话中说："你们可要小心时尚，时尚是一个商业陷阱。"不要以为现在忽然时兴什么黄头发、吊带裙、清汤挂面的发型，就认为那个东西是时尚，认为那个东西最个性、最时髦。当一群人都在追求那种"时尚"，也就无"个性"可言。因为"时尚"是为了让你跟它一样。时尚其实是泯灭个性的。它是现代商业制造出的最热销的商品，也是现代商业制造的一本万利的商机。

然而，在这种流行文化的冲击下，最严重的问题是造成了对自己固有的传统和文化失去一种自信心，一种自尊。而缺乏文化自尊心的民族才是危险的。不管将来富起来，富成什么样子，但在肥厚和充满脂肪的外表里边是一个精神的空洞。到那时，我们就会发现，使一个人富起来实际是容易的，要使一个人有文化是困难的。可是，现在要求经济快速发展。发展经济就要扩大内需，但是如果物质的欲望太高，就会物欲横流。这个时候一定会鄙视精神。至于这个问题严重的程度，不需要长篇议论。只要到街上去和偶然相遇的年轻人谈谈自己的民族，说说自己的文化，你从所得到的反应中就会强烈地感受到我们文化的问题了。

我上边所说的，就是我们这次会议的大背景，也就是我们提出"中国民间文化遗产抢救"的深层的根由。说到底，我们这样做是为了民族的精神。民族文化是民族精神的载体。所以当代的文化工作者有责任去抢救、保护、弘扬我们的民间文化——我把它叫作"中华民族文化的一半"。任何一个民族文化都有两部分。一半是它的精英的、典籍的文化，还有一半就是民间的文化。可是，我们对民间文化界一直是很轻视的，这就不用说了。我们现在应该怎么办？尤其是我们对民间文化的实际状况没有底数。即使在专家范围内，也是"你知道的我不一定知道，我知道的你不一定知道"。即使把我们各自知道的加在一起，依然远远不如我们不知道的。民间文化像野花一样开遍田野山川，我们对它却完全心里没数。但是这些漫山遍野的花儿正在凋谢与失散！民间文化的生命规律本来就是自生自灭的。它是口传心授的，如果没了传人，或者他的子女到城里打工去了，就会立刻中断、断绝。就像风筝的线一断，我们手里就什么也没有了。就像盲人阿炳一样，他有二百多支曲子，但现在记录下来的却只有几首，其他全部被阿炳带走了。因此，现在我们中国民间文艺家协会——我们中国的文化界、民俗学界、民间艺术界要做的一件事，就是"中国民间文化遗产抢救工程"。为此我们奋斗了一年。我们尽量向有关领导人讲清我们的想法，请求支持；也设法说服各界，请求帮助。另外，我们在媒体上不断地呼吁，争取社会的更多知音。现在可以讲，这项工程最近得到中央的批准，而且被列入国家社科基金特别委托项目。

那么我们要做什么事情呢？

我们要对我们960万平方公里土地上，包括汉族在内的56个民族，"大到古村落，小到荷包"的民间文化遗产进行为期十年的一次性的全面的抢救性普查。我们要做五个工作：普查、登记、分类、整理、出版。我们要争取在十年内把"中华民族文化的一半"整理清楚。在历史上，精英文化总是有人整理，且不说《永乐大典》和《二十四史》，就连唐诗宋词都不断有人去梳理、校勘、注释。但是民间文化除去《诗经》和《汉乐府》，还有五四时期有人做了一些局部的、零星的采风工作之外，全方位的、系统的田野调查和文字整理工作在历史上从来没有过。应该说，也只有像我们这样的国家，我们这样的组织，才能做这么巨大的事情。这是我们国家社会制度的优越性。

然而做起来一定是非常艰难的。可是如果我们现在不做，我们后人就会两手空空。根据现在的农耕文化消失的速度，十年之后，农耕文化的遗存至少要消失百分之五十。

我们要抢救的民间文化主要分三部分：一部分是民间文学。就是在田野里、地头上农民们口头传承的那些谚语、歌经、故事、传说。还有民间艺术和民俗，共三部分。我们中国民间文艺家协会在过去的十八年，经过艰苦卓绝的努力，现在可以讲——中国大地上的口传文学基本上已经被我们"打捞上来"了。这个工作接近完成。用时十八年，五万多人下去调查，搜集到几十亿字的民间文学，这是世界上没有的。如果我们对民间文学的抢救不是在十八年前，而是从今天开始，恐怕百分之七八十都没有了。这就是民间文化抢救的必要性与紧迫性。

所以说，我们的文化工作者的当代使命是抢救。抢救是超过一切的，抢救是要放在保护前边的。你底数都不清，就谈不到保护。抢救也是要放在研究前边的。没有第一手材料，研究就会陷入"无米之炊"的境地，所以说"抢救第一"。这也是最近人大常委会刚通过的《中华人民共和国文物保护法》中十六字里的第二句"抢救第一"。

再要谈的是，我们为什么要从年画下手。

这次我们跟河南省开封市朱仙镇合作的目的，是历史性地发动中国民间文化遗产抢救工程。这一次不完全是一个学术研讨，我们要在这个会上发动全国民间年画的抢救。我们不只是要把已知的东西整理出来，更重要的是要把底数不明的、现在时的年画状态搞清。现在的年画到底是什么状态——什么样的人文状态，什么样的生产状态，什么样的存活状态，要彻底搞清楚。还要把我们不知道的散落在民间的东西都挖掘和整理出来。我们之所以要从年画下手，主要原因就是年画是中国民间艺术的龙头，这是我的看法。我们中国的民间艺术成千上万种，但是年画是第一位的。

为什么说年画是第一位的？

首先是年画制作的规模最大。我们现在已经知道的全国重要的年画产地有二三十个。这些年画产地都是规模性的生产，年画制品覆盖全国。在农耕时代，过年时贴年画的风俗，遍及中国。所需年画的数量匪夷所思。年画跟个人制作的剪纸和刺绣不一样。它是作坊式的生产，而且在一些年画产地，这些作坊连成片，是具有规模的生产方式，这种方式和规模是其他任何民间艺术都不可比拟的。俄罗斯汉学家阿列克谢耶夫在 1907 年考察杨柳青时估计，当时杨柳青镇制作年画的作坊至少有两千家，其规模可谓浩瀚。

第二是年画的产量大。任何一个民间艺术在数量上也没法跟年画相比。这是因为年画与风俗密切相关。作为风俗用品，年画是必备的。比如腊月二十三中国各地有祭灶的民俗，《灶王图》就必不可少。大年三十要祭天地众神，《全神图》就必须事先贴在墙上。至于《门神》《财神》，也在必备的年画之中。甭说年画铺天盖地的年代，即使在当今年画衰败阶段，山东潍坊市杨家埠的年画产量还是每年一千多万张。

第三是年画的文化信息量最大。由于年画是年俗物品。在农耕时代，它是处在"除旧更新"这个特殊的时间里。在这个时间里，冬去春来，人们要送别过去的一年，迎来新日子、新生活。一边把不好的东西送走，一边把好的东西迎来。自然也就要把很多生活理想注入年文化中。同时通过年的艺术表达出来。所以年文化（包括年画）表现得最突出的一个特点是：生活的理想化和理想的生活化。平常吃不上好东西，穿不上好衣服，到了过年时把家里积蓄的钱全拿出来，也要吃好年夜饭，穿上新衣裳。让现实的生活尽可能地接近生活的理想，也把理想向现实拉近了一点。这是中国人的年的魅力的所在。当人们想把这种生活的盛情放在年画里时，就需要大量美好的形象，大量寓意的、谐音的、吉祥的图案与符号进入年画。在色彩上，由于年心理的特殊需要，必须是热情的、对比的，甚至是夸张的色彩，才能与年文化相称。

此外，年画所传递出来的另一个重要的文化信息就是地域性。民间艺术跟精英艺术一个重要的区别是：精英艺术之间的千差万别来自流派之间或者是艺术家个人之间的不同；而民间艺术之间的区别是地域与地域的审美区别，没有个人因素。民间艺人是不追求个性化的；而精英艺术家是自觉追求个性的。精英文化的价值就在这种自觉性上；民间文化的价值则在自发性上。这种自发的民间文化，跟原始文化有一个接近的地方——就是它们都具有初始性。这种初始的文化都象征和表现着生命本质的力量。民间艺术为什么蕴藏着极大的生命力和活力，就是因为它直接和自发地表现了生命的本质。

于是，这种纷繁多样的地域性就使得年画色彩纷呈。在这次的"全国年画大联展"上看得十分明显。比如朱仙镇年画，它的乡土味非常足。它跟杨柳青不一样，杨柳青紧挨着天津和北京，必然有城市化的一面，繁复、琐细、细腻和雅致。朱仙镇、武强和滩头没有城市化，所以有鲜明的朴拙和率真的乡土特点。但往细处看，乡土跟乡土也不一样，武强跟朱仙镇的乡土就不一样。朱仙镇究竟身处大宋汴京的地域，它的年画显得雍容、大气、敦厚。这就跟武强年画那种带着唢呐的高亢的尖音不一样。如果说武强年画中的人物纯朴，朱仙镇年画中的人物就是古朴。看来宋文化遗留下来的遗传因子还在朱仙镇年画的灵魂里。地域性就使我们的民间年画充满了丰富性，使得木版年画拥有着大量的、缤纷的地域文化信息。所以说年画是所有民间艺术的龙头，也是我们这次抢救工作把年画作为首要目标的原因之一。

第二个原因是我们对年画的总体情况比较清楚，比较好下手做。当"实用的年画"在向"文化的年画"的转化过程中，年画很幸运地被一些有文化眼光的人抓住了。正如上所述，有人从时间的层面上看到它文化的意义；有人是从空间的层面上看到它文化的意义。从空间层面上看到文化意义的，是俄国最早的一批年画的研究者。从科马罗夫到阿列克谢耶夫，再一直到当今的李福清。这批人是从异国——异文化的角度来看中国的年画。他们在看我们的年画时，不仅仅是单纯地从艺术美的角度来看，而且也是从文化角度来看的。文化角度包括文化心理、民俗特点、审美个性（共性式的特性）。实际他们是从异文化的空间视角，把我们的年画作为一种独特又迷人的文化形态来进行收集、整理和研究的。

从时间层面上看到年画意义的，也就是最早把年画作为文化来对待的是王树村、薄松年这一代人。在中华人民共和国刚刚成立的1950年，我国美术界就开始了民间年画的调查与收集。王树村和薄松年是这个时代产生的专家。20世纪50年代的中国年画正走向衰落。一种文化将要消亡和开始消亡的时候，是丢失得最快的时期。幸亏有这一代年画专家，他们在那个时期，先觉地开始了抢救中国民间年画的工作，使得我们一大批最重要的年画遗产保留了下来。无论是科马罗夫、阿列克谢耶夫，还是薄松年、王树村，他们都是从文化角度抢救了年画，使得这笔遗产的轮廓比较清楚，而且整理有序。尽管我们对年画的现状还要进行大普查，但总的来说比较好抢救，不像有些民间艺术或存或亡，乱无头绪，完全没有底数。应该说我们对年画比较有底数。

第三个原因就是我们有一个研究队伍。现在全国各个年画产地，都有一些研究人员。不管人数多少，都有一些年画的爱好者、保护年画的志愿者，而且还有一批收藏家，甚至一些学者也很注意当地年画的研究。这个队伍基础非常好。这也是我们普查工作的骨干力量。

由于这三个原因。我们把民间艺术的龙头——年画，作为抢救工作的龙头与开端。

我们目前要做的工作，就是马上启动，成立专家委员会，召集相关工作会议，敲定整个"中国民间文化遗产抢救工程"大纲。这个大纲已经经过了几次研讨与论证。全面和正式的启动将在今年新年到明年春节之间。这期间民俗事项比较多，大家比较关心民俗。年画的抢救应该同时开始。我们整个抢救工作有三个优先。一个是"地区优先"。对一些地区抢救工作条件较好、队伍齐整、地方政府又积极支持的，就要列入第一批优先动手普查。还有一个是"项目优先"。项目是指跨地区的全国性的民间文化种类。当一个抢救项目的各种条件都已经具备了，比如年画，就可以优先开始。尤其年画是农闲和过年时的节令性的民俗文化。普查工作的最佳时间是在春节前的阶段。我想无论如何我们明年一年（2003年）要把中国年画的底基本摸清，然后收集、整理、出版。现在已经有好几家出版社准备出版这次抢救的木版年画全集。这次准备出版的画册，与过去的画册不一样。比如我们出版画册是抢救工程的成果，不是一般性的作品展示，而是对民间文化现存状态的记录与呈现。所以它首先应该是这个地区的地貌，然后是村落、人文、作坊、形态、生产流程、工具、材料以及民间艺人工作的画面，还有民俗，最后才把年画放进去。这种画册要有强烈的抢救色彩。年画集中的作品，绝大部分应表现21世纪初，即农耕文明消解中所抢救的遗存作品，而不是把各类画册司空见惯的东西全搬出来。当然，这次抢救的成果不只是一套画册，还有中国年画资料库、中国年画档案，包括数据库。我们要力争将中国年画的遗存"一网打尽"。当然，我们最终要跟所有年画的产地、专家联网，一切成果大家共享。只有共享，给大家提供更多的资源，我们的文化才可能发扬光大。此外，我们还有一个"优先"是"濒危优先"。那就是不惜代价去把马上要消失的民间文化遗产抢救下来。比如民间作坊，现在马上就要绝迹！

在这样的使命面前，我想，我们这些人再乘上一百倍、一千倍、一万倍来抢救中国现在濒危的、正在迅速消亡的民间文化，都是非常困难的事情。我们祖国太大了，我们的文化太灿烂了，太多样了。

所以，我们今天这个会又具有强烈的情感色彩，是在表达我们文化界对自己民族文化的一种情怀。希望大家团结起来，动手干起来。

从广义来讲，我们民间文化的事业，我们木版年画的事业是大有可为的。但是从狭义的角度来讲，我们不能只说不干，应该马上就干，不能再等一天！

　　我的话完了。谢谢。

2002 年 10 月 28 日于河南开封

向传承人致敬

——在首批中国民间文化杰出传承人命名仪式上的讲话

今天，是我们首次对中华大地上杰出的文化传人命名的隆重仪式，也是为我们即将到来的6月9日第二次国家文化遗产日揭开序幕。此时此刻，我讲话的题目，想用这样一句话，发自内心的一句话，就是——向传承人致敬！

坐在我们面前的这些光彩夺目的中国民间文化杰出传承人，他们不仅仅是民间文化的智者、高人、大师，不仅仅才华出众和身怀绝技，重要的是他们是中国文化的传承人！传承人，对任何民族文化历史都太重要了。

人类的文明与文化的延续，不仅靠物质积累，更靠人的传承。人是文化的主体，人的传承是最直接的。我们人类一代代生命薪火相传的就是精神文化。人类通过这样的传承，深刻地保持着共有的精神基因、各民族的精神血缘与传统，以及不同地域的精神特征。

在世代的文化相传中，唱主角的是传承人。他们是自觉的文化传承者，是广大民间真正的文化人。

他们就是数千年来一直活跃在民间的歌手、乐师、画工、舞者、戏人、武师、绣娘、说书人、各类高明的工匠以及各种民俗的主持者与祭师。他们智慧超群，才华在身，技艺高超，担负着民间众生的文化生活和生活文化。黄土地上灿烂的文明集萃般地表现在他们身上，并靠着他们代代相传。有的一传数百年，有的衍续上千年。这样，他们的身上就承载着大量的历史讯息。特别是这些传承人自觉并严格地恪守着文化传统的种种规范与程式，所以往往他们的一个姿态、一种腔调、一些方式直通远古。他们常常使我们穿越时空，置身于古朴的文化源头里。所以我们会常常称某一种民间文化是历史的活化石。

传承人所传承的不仅是智慧、技艺和审美，更重要的是一代代先人们的生命情感，它叫我们直接、真切和活生生地感知到古老而未泯的灵魂。这是一种用生命相传的文化，一种精神性和生命性的文化——我们现在习惯将它称为非物质文化遗产，它的意义是物质文化遗产不能替代的。

可是，人类的非物质文化遗产基本上是农耕时代的产物。当前，人类文明正由农耕文明向现代的工业和商业文明转型。工业文明和商业文明要根本性地改变人们的生活内容和生活方式，民间文化是一种生活文化，它必然首当其冲，受到冲击和排斥，一部分被工业文明淘汰掉，一部分被商业文明转化为商品。这是全球性的问题，无论多么古老迷人的文化也得不到豁免权。我们所面临的这种转型又与急转弯式的社会变革紧密相关。工业和商业文明几乎是横向地"杀入"农耕社会中来。看上去，它更像一种对文明的宰割。

其中最令人忧虑的是传承人的锐减。究其原因，或是传承人大多年事已高甚至离世而去，或是无人承续、后继乏人，或是弃农经商、进城打工、改换身份等，都致使传承线索中断。

有史以来中华大地的民间文化就是凭仗着千千万万、无以数计的传承人有序地传衍着。他们像无数雨丝般的线索，闪闪烁烁，延绵不断。如果其中一条线索断了，一种文化随即消失，如果它们大批中断了，就会大批消亡。这是今天我们为什么深感中华大地的传统文化日渐稀薄甚至空洞的缘故，也是我们要尽快认定和着力保护传承人的根由。

认定传承人是一个极其庞大的和非常艰辛的工作。

我们认识传承人是有一个过程的。因为人类无论是对大自然、对世界的认识还是对本身本体的认识，都是一个循序渐进的、逐步进步的过程。在19世纪的时候，人类还没有文化遗产的概念，人类的遗产观基本还是私有的、个人的遗产，父母留下来的。到了19世纪，因为人类文明的转型，才开始把先人留下来的、共有的精神的文化作为遗产。这个遗产才有了文化遗产的概念。关于非物质文化遗产，一开始人类不是把文化遗产分为物质的和非物质的。也是先认识到物质的，认识到长城、认识到金字塔。后来认识到民间的歌舞、民间的故事、民间的传说、民间的技艺也很重要。然后人们认为这些东西跟那些物质性的不一样，所以才有非物质的概念出来。每一个进步都是人类对自己认识的进步，也都是文明的进步。我们对非物质文化遗产的认识，一开始也是认识到技艺的本质。后来我们才认识到，非物质文化遗产的灵魂，它真正的所在是传承人。如果没有传承人，就没有活态的灵魂。这也是我们非物质文化遗产的整个内容。这是我五六年工作中在认识上的一个飞跃、一个进步。

我们国家地域广阔，历史悠久，民族众多，地域多样，文化板块众多，文化种类浩繁。有一次我在韩国开会，我跟韩国的学者说："你们从20世纪60年代开始，才评了一百多项非物质文化遗产，我们国家去年第一次评就是518项，但是报的还有1351项。"他说了一句话我很感慨，韩国人说："中国的非物质文化遗产我看有一万项，人类的一半非物质文化遗产在中国。"

但是，我们对于非物质文化遗产的认识，我们所不知道的远远多于我们知道的，特别是传承人。我们知道的传承人是有限的。他们是在山前还是在山后，是在江头还是在江尾，是在那些云雾缭绕的崇山峻岭，还是在阳光明媚的森林或草原，我们不知道。他们存在的我们不知道，他们消亡了我们也不知道。这就是我们急迫、着急的最重要原因。

而且同时，传承人往往也并不知道自己在时代转折、文化转型之时，自己在文化史里面的文化价值。所以，往往他们的消亡是默默的、是无声的。因此，全面、细致、快速地普查和认定我们的传承人是必要的。

我们的想法得到了中宣部领导的直接支持，得到了中国文联领导的直接支持。

这项涉及56个民族的"地毯式"的普查，项目都要通过严格的专家的认定。应该讲专家的认定是最重要的工作，必须由专家来做，不能靠地方上报。如果没有经过严格的学术认定，或者如果认定错了，就会使今后的文化传承走样，从另一方面毁掉一种民间文化。故而从2005年3月起始，经过各个专家两年多严格的、有条不紊的工作，在苛刻的标准下，认定153项，166位传承人。

这些传承人都是经过普查发现、专家鉴定、调查核实和网上公示等严格的程序才最终被认定的。可以负责任地说，这次首届命名的中国民间文化杰出传承人，是中国民间文化各个领域中杰出的传人，是活着的历史精华。传承人得到了国家一级评定标准认定的同时，他们所传承的文化也被认定。中华文化的家底在他们身上被一件件认清，非物质文化遗产保护的目标也被具体地锁定。

今天的命名是我国首次对杰出传承人的认定，也是第一批，今后还会有第二批、第三批，同时省市一级的传承人认定的工作也同步进行。我们认定传承人的速度必须加快，一是因为我们对传承人之所知十分有限，二是许多传承人仍处在自生自灭之中。我们抢救和保护的速度抵不上破坏和消失的速度，是当前文化遗产工作的严峻的现实。

在这第一批传人的调查中，我们就多次遇到过闻讯而去，却已人亡艺绝的憾事。特别是这批传人经过专家鉴定上网公示是166位，但在公示的过程中已有4位辞世，目前剩下的是162位。超过80岁的18位，年纪最大的是纳西族的东巴舞者习阿牛（93岁）。

一旦失去传人，非物质文化遗产就不存在了。传人去后，只有遗存，遗产的非物质性就转化为物质性的了。因此说非物质文化遗产比物质文化遗产脆弱得多，关键是因为传承人的脆弱。所以，抢救性的普查、科学认定以及切实有效地保护传承人，才是我们保护非物质文化遗产的关键。

我们留给后人多少非物质文化遗产，就看我们查清、认定和保护住多少杰出的传承人。如果失去传人和传承，这些遗产只有一个归宿，就是一动不动地躺在博物馆，并永远沉默着。

这是巨大又细致的工作，是不能绕过又十分艰难的工作，是必须亲临田野第一线的艰苦工作，但这是我们必须承担的工作。我们深知路途之远和肩负的重任，不敢稍有懈怠。我们把郑板桥"咬定青山不放松"作为我们行动的座右铭。我们一定要踏遍山川大地，把那些现在尚不为世人了解的杰出传承人，把那些被日本人和韩国人称为人间国宝的传承人，一位位请到今天这支光彩的队伍中来。他们是把中华民族历史文化的火炬举到今天的一代。我们不能让这些火炬灭掉，还要保护住每一支文化的火炬，为他们加油，让他们灿烂地照亮未来。

我的话完了，谢谢。

2007 年 6 月 3 日于北京

我们这个时代的文化使命

——在东南大学的讲演

近来我基本在三个领域忙碌：一个是文学，一个是美术，一个是文化遗产保护。文化遗产保护的问题现在在困扰我，我今天把困扰我的问题交给大家，希望大家一起帮我思考。

历史不仅是站在现在看过去，还要站在明天看现在

我认为文化最迫切的问题就是文化所面临的挑战，我讲的是中华民族文化所面临的挑战。

每个时代都有自己的文化使命，这个文化使命是被文化的困境逼出来的。这个使命不是自己确立的，是受一种时代性的驱使、时代性的逼迫。刚刚说的文化的困境是什么？就是文化遇到挑战。我们的文化遇到了什么样的挑战？首先，人类的文化都遇到挑战，主要遇到两个挑战。第一个挑战就是全人类的文明已到了一个转型期。人类的文

明史上最大的转型期有两个：一是渔猎文明向农耕文明转型，还有一个就是农耕文明向工业文明转型。就是我们脚底下的这个时代，整个的人类文明都在转型。原有的文明阶段不管多灿烂，都要瓦解，新的文明要确立。人类文化的多样性，人类各种文化的传统，各个民族文化的基因，还有大量的文化财富都在原有的文化里面，但是这个文化整体性现在瓦解了，这是一个全人类的问题。

　　19世纪中后期，一些考古学家到希腊的迈锡尼和克里特岛考古，他们到埃及去考古，到西亚去考察苏美尔人和巴比伦人的文化。实际在那时期，人们还不是特别清楚自己做这些事最深刻的意义是什么，他们这么做的背景是什么，我认为是人类的文明在悄悄地向现代转型。因为人类只有进入一个现代社会，才将原来的文明和原来的文化作为一种历史文化对待。

　　人类的文化转型现在遇到了一个新问题，从19世纪末到20世纪初，转型愈演愈烈。到了工业革命以后，尤其是在当代，全世界的文明在迅速转型，遇见了诸多新的挑战。而我们那个时候在搞"文化大革命"，那个时候有个比较大的概念出来了，就是现在我们不断从报纸上看到的词：遗产。我们一直认为遗产就是过去的、老的东西，都是所谓历史丢下的东西。杨澜在中国申办奥运会成功后说了一句话，就是中国人要考虑给这一届的奥运会留下什么遗产。我认为这句话说的最关键的、最现代的一个概念，就是现代人的遗产概念。

　　历史是什么？历史不仅是站在现在看过去，还要站在明天看现在。我们这个时代有了新的遗产观，遗产观并不是说站在现在看过去，而是要站在明天看现在，看我们在这个文明转型期保住了人类文明的什么东西。杨澜的意思就是说从明天看奥运会历史，这次北京奥运会中国人用什么样的文化、什么样的精神注入奥运会的遗产里，给奥运增添了什么有永久价值的东西。

把文化遗产当作精神财富继承，是人类了不起的一个进步

人类的遗产观在历史上从来都是个人的、私有的、物质性的。到20世纪，人类的遗产观开始发生变化，人类开始把人类共有的、精神性的东西看作是遗产。这个遗产是什么？就在人类文明的转型期才出现了新的遗产概念，这个概念就是文化遗产。

在20世纪的时候，人类就开始有了这样的概念。这个时期我们正在进行的"文化大革命"，毁坏着我们这个不知叫"遗产"的东西。人类在这一个文明转型时期要有一个觉悟，就是从农耕文明向工业文明转型与从渔猎文明向农耕文明转型不一样，从渔猎文明向农耕文明转型时，人类没有遗产观，文化基本未留下东西；但这一次人类非常自觉，有了全新的遗产观，不是把遗产当作物而是当作精神。人类开始把遗产当作人的精神财富来继承，这是非常了不起的一个进步。

人类的文明史一共就几个阶段，一个是自发的文明，一个是自觉的文明，一个是文明的自觉，三大步。在墙上信手画一画，那是自发的；后来把画画、跳舞当作生活中的一种文化，当作一种仪式，当作一种艺术，这就从自发的文化变成自觉的文化；而我们把它当作一种事业，一种传统，要保护和传承它，我们就有了一种文明的自觉，也就是文化的自觉。

20世纪人类在文化上很伟大，有了文明的自觉性，有新的遗产观出现，把遗产作为精神，而不是作为物质对待。对遗产的看法不是回头看过去，是为了未来，为了继承。这是一种很前卫的观念。

我看过一个材料很有意思，讲的是西方人在易拉罐刚刚出现的时候，马上就有人认为易拉罐的小拉环污染环境，很快就有人发明了新的拉环，就是按进去掉不下来的那种。而制作易拉罐的厂家宁愿把原来的模具毁掉，改模具，也要保护环境，这是一种前卫的、自觉的文明，是文明的自觉。但是我们在"文化大革命"时，批孔子、批《红楼梦》，跟着我们就进入了市场经济，进入了全球化时代，我们当代文化的轨迹不是线性的，我们和西方人不一样，西方人进入全球化时代是从古代、从传统线性地进来的。这就是我要说的第二个问题，就是全球化的挑战问题。

全球文化正在遭遇商业化解构

我们的整个文化进入了全球化时代，遇到了一个非常重要的商业化的过程。就是说原有的农耕文明进入现代之后，它要被现代文明取代一部分，还有一部分就是被商业文化所改造。因为商业文化要从原有的文化中挑选卖点，能成为卖点的它才接受，不能成为卖点它就扔到一边。

我曾经说过，民间故事、民间文学马上就要消失，而且消失最快的是口头文学。因为只要一个电视信号，或者只要一有电脑，民间故事就消失得很快。我们现在日常生活中的文化菜单都是什么样的内容？我在天津大学教书，有一次我的研究生来找我，三个女孩子，想当"超女"。我说你知道"超女"是商品吗？一个女孩说，商品有什么不好？这个问题很有意思。我说商品有商品的规律，一个是促销，不断地炒作促销，然后是热销，之后是走红，所有的生活细节都能成为媒体的猛料，然后越炒越热，到一定的时候，新一代的"超女"出来，这时候就开始滞销。商业化的最大特点就是永远要有新的商品代替以前的商品，否则商业无法发展，商人也无法获利。比如手机铃声，今天可以是彩铃的，明天是和弦的，再过两天就是立体声的，一代代变的过程中，不断地从你口袋中掏钱，这就是商业最本质的一点。做"超女"你就要做好有一天被清仓处理的思想准备。

商业文化的残酷性就是商业文化不追求永恒的，商业文化不对文化本身负责任，商业文化只需要从文化里谋利，商业文化不需要建设，对于原有的文化是挑选卖点，能成为卖点的就要，不能成为卖点的就撇掉。商业文化一定要对一个民族一个国家原有的文化进行解构，重新改造，把表面的能成为卖点的拿出来，对文化不负有任何责任，不负有传承责任。

在商业文化的霸权里面，文化菜单就剩下两道主菜，一个是名人，一个是时尚。虚构的人物林黛玉没有陈晓旭有媒体价值，千方百计惹起公众的兴趣，这就是商业文化的特点。因为陈晓旭是名人，林黛玉是虚构的。媒体的主菜就是名人，名人的逸事、生活、爱好、穿戴、绯闻、车祸都成为公众的兴趣，是现在大家文化生活、文化消费里重要的一道菜。

商业文化菜单里另一道主菜就是时尚。现在的时尚和唐代尚胖、楚王好细腰、20世纪30年代流行旗袍不一样。现在的时尚是商家事先制造出来的，明年流行紫色，他就先造势紫色，然后明年再生产紫色。所有现代的时尚实际都是商业的陷阱。在这样的文化环境里，人们是孤独的、浮躁的，没有人对你的文化负责，你也不会对你心灵中的文化的建设负责。在这样一个商业社会里，人不可能深刻，这就是我们一个时代的、文化上的一个问题。

"旧城改造"不能让文化的载体消失

人的价值存在于自己独立的价值中，民族的价值也存在于民族独立的价值中。东方的智慧，我们的传统，我们独有的价值观、审美观在我们的文化里。但是我们的文化载体正大量地从我们的生活中消失，而且不知不觉失去的首先就是我们的城市。

全人类最伟大的创造就是创造了人类文化的多样性，大自然最伟大的创造就是多样性的大自然。我们保护濒危的动物，但是我们却没有保护好我们濒危的文化。我们的城市在"旧城改造"这个口号下，已经变得完全一样了，没有人怜惜它。因为中国人有一句话叫"旧的不去，新的不来"，旧的一定要毁掉。

在农耕社会里人是厌旧的，春夏秋冬是一轮一轮的，每年在冬天以后，在春天要来的时候，都希望万象更新。因为农耕社会太长，所以我们中国人在历史感上和西方人不同。在欧洲都可以深深地感受到他们每一个欧洲人的历史感，包括农民的家里面，都会把他老祖奶奶的一把椅子放在非常显眼的地方，他们是充满了历史感的，充满了情感记忆的。他们不会把冰箱搁在房间正面，觉得气派。

我们的城市在迅速地消退。我说的城市问题是个非常严重的问题。改革开放后中国多少城市都是新建筑，都是玻璃幕墙，都是其俗不堪的门帘，都是"福"字倒着写。我曾经在敬一丹的节目里说过，"福"字是不能倒着写的。按照中国的风俗，一般在垃圾箱上、水箱上"福"是倒着贴，因为它要倒出来，倒出来就把福倒掉了，所以倒写矫正。住房最里面的柜子上"福"字是倒写的——福到——到里面，不是到你家大门口就不进去了。另外，中国还有一个门的文化，大门是恭迎客人的地方，应该是大方的，所以"福"字必须是端端正正写的，不能是颠三倒四的。这个倒贴"福"字其实是从香港那边来的，"福"字倒贴就有了卖点，实际也是商业化的结果。

保护古城、古村落和民族民俗文化刻不容缓

在古城消退的同时，就是我们大量的古镇、古村落，大量的民族民俗文化在丧失。

最近我在忙的一个事情就是中国古镇的调查。现在中国江南的村落，只有西塘、周庄、同里、乌镇这几个所谓的"江南六镇"保护得比较好，但是也基本旅游化了。中国的古村落在迅速地消失。最近我们请一个民艺学家对山东的民居做了个调查。中国到底还有多少村落？我给了他三条标准：第一，是鲜明的地域代表性；第二，村落基本体系完整；第三，有非物质文化遗产，有活态的民俗，有自己的民间艺术，或者有它的民间艺术传人。因为我们想三年之内搞清这些问题，希望向中央建议，保护好我们整个的古村落，能不动的就千万别动了。

现在城市里已经没有土地开发了，就开始到农村买村庄了。有的地方在村庄前面、后面装上铁栅栏，然后打包卖给开发商，找几个比较像样的房子装修一下，找几个人扫扫地，两边都搁上熊猫抱着足球那样的垃圾桶。开发旅游总得有两个漂亮的房子，不够漂亮的时候就请人来刷刷漆，然后再请当地的一些文人们编点故事。一般都是一个老爷有六个妾，参观的时候便领你到一个黑屋子里说，这是老爷金屋藏娇的地方。所有的古村落都有一个金屋藏娇的地方。现在的旅游开发，就是这样糟蹋我们的村落遗产。

我们在第二个文化遗产日时，请了大量的民间的艺人，这些人有民间的乐师、民间的画工、民间的手工艺人，还有各种各样身怀绝技的人，也有山东鲁西南地区印木版画的七八十岁的老人，我觉得每个人身后都是沉甸甸的文化。

非常重要的一个问题就是这些人在大量地消亡，他们的后代对他们没有兴趣。前一段时间我去贵州访问，黔东南地区有32个少数民族，每年有40万人到江浙一带打工。这些初入大城市的女孩子们被花花绿绿的商业文化弄得眼花缭乱。到春节，把什么任贤齐、毛宁的光盘都带回去了。一回到村寨里面，还在寨子里的那些女孩子都围过来，立刻被吸引，跟着也出来了。这些人再回去，换上了T恤衫、牛仔裤，完全不一样了，给那个地方带来一个很大的冲击。现在这些少数民族地区，甭说穿少数民族服装，连说自己民族语言的人也越来越少，每年都有两三个村寨不再说母语。

前几年一个法国女人，很有眼光，她住在贵阳，使了一些小钱让一些古董贩子到村寨里专门收购百年以上的苗族的银饰、项圈、手链，还有刺绣，非常漂亮的老的服装。她在每样东西上都加个标签，标上什么年代，什么样的人家，干什么的，属于哪个村寨，都写得很清楚，然后运回国。她做了六年，最后她在贵州说了一句很狂的话，她说十五年以后中国的少数民族要到法国来看。

于是我们这几年做了一件事，就是把贵州所有民间艺术做一个普查，请了当地很多大学的学生，把贵州的9个地区，85个县，几千个村寨的"大到民居，小到荷包"做了全面的普查，然后做了个信息库。我在"两会"提过一个提案，就是重要的古村落全要建一个博物馆，把这些东西留在博物馆里。就像在意大利、奥地利，让这些古老的村庄像诗一样优美。我这个想法是不是过于浪漫？

我曾经到多瑙河边卡缪那个地方，看到一个女孩子从一个教堂下来，穿着很长的裙子，手里拿着一串很大的钥匙，钥匙很古老。她走到一个大拱门，把门打开的瞬间，我仔细一看里面，就像茨威格小说里描写的一样，都是古老的家什，还有艺术品，就是一个普通的人家，他们这么热爱自己的文化。而我们呢？包括宏村、西递已经列为世界文化遗产的地方，我们进了这个地方往里一看，基本上都是新东西，他们不是喜欢新东西，而是卖老东西才能多卖钱，我们的古村落基本被文物贩子给掏空了。

我注意了北京潘家园十几年的变化，后来写了一篇文章在《北京青年报》发了，题为《从潘家园看中国文化的流失》。最早这里的人家卖的是人们家里的细软，镯子，小银饰，小孩的长命锁，古董珍玩，文房四宝，然后就卖墙上的字画，字画卖完就开始卖家具，这些都卖完了以后就开始卖窗户。你看越好的饭店里老窗户就越多，都变成了装饰品了，那些窗户从哪来都不知道。最后卖什么？卖柱础、卖柱子，这说明房子已经拆了。

这个世界必须要有没被商业化的精神绿地

雨果在1832年写了一篇《向拆房者宣战》的文章，把那些没良心的开发商臭骂了一顿，说他们把法国历史的精华、把那些石头上尊贵的记忆都毁掉了。后来又出现了一个作家，是《卡门》的作者梅里美。他成立了一个法国古典建筑保护委员会。他保护的不是建筑，而是法国人的精神。后来又出现一个很了不起的法国小说家叫马尔罗，他当过文化部的部长，其间他对法国整个的文化做了一次彻底的普查——大到教堂，小到羹勺。他说，经过这次普查，他们知道美国是军事和政治上的超级大国，但是法国是文化上的超级大国。法国人不随便说英语，就说法语，他们有强烈的文化自尊。全世界每年有6000万人去法国旅游，那么尊崇法国，就是因为法国有一些先觉的知识界的人，他们站在了时代前沿，捍卫着法国。

有人说我们的问题是因为太穷，等到富了，这些问题我们就一定能处理好。穷的时候没有办法，只有先解决肚子问题。可是，现在世界上饭店最多的国家恐怕就是中国了，肚子里鸡肉鱼肉都有了，为什么还没想到文化？一个国家富当然好，要富到哪里去呢？不值得思考吗？富到哪里去才能回来怜惜怜惜养育我们生命的文化？

我们一代一代人之所以能够交流，是因为我们有共同的文化。文化不只是语言。我们用的一种表情、一种方式，我们就会有一种感应，这种感应就是文化造成的，因为我们从小在同样的摇篮里，听同样的儿歌长大。我们对绘画的水墨就有感觉，西方人对水墨就没有灵感。我们到大年三十那天如果没回家，非得给家里打个电话，那个电话就和平时不一样，因为那时有节日气氛，有民俗情感，这就是我们民族特有的情怀、凝聚力。

我在美国一个小城镇访问时，到一个保险公司，老远看到一个雕塑矗立在那，是英国雕塑家亨利·摩尔的作品。往前走，有毕加索的雕塑。整个保险公司放满了现代艺术和现代雕塑。我问那个公司的老板这是为了什么？老板介绍说，第一，是因为现代的艺术大多是实验性的，他们需要人支持。第二，是为了让职工在一个非常高尚的地方工作，他们会有一种尊贵的感觉。我想我们大学生也是如此，不是到大学里拿一个罐装点知识就走，他们在这里要建设自己的心灵，使自己高贵，变成一个独立的、有自己思想的人，走向社会。

去年在天津，在我的艺术学院办了一个画展，从意大利弄过来达·芬奇、米开朗琪罗等一批大家的作品，全国大学生来参观都免费，参观者每天有 7000 人。我们就是想在大学里有一片净土，有一片把美视为神圣的地方，有一个精神的殿堂，没有商业化。这个世界上必须要有一片精神上没有商业化的绿地。我觉得大学生们在这个阶段最重要的就是人生的理想和价值观的确立，还要建设自己高贵的灵魂，要对我们的国家、民族负有责任。

2007 年 6 月 17 日于南京

历史文化与文化产业

——在大唐西市论坛上的讲话

在西安讲话是困难的，在西安是不能随便讲话的，因为西安这地方的文化实在是太厚重了，讲错了历史会耻笑你。最近的十年，我们在做民族民间文化遗产保护工作，现在进入了一个瓶颈，到了一个很困难的时期。现在我们国家政府越来越关心非物质文化遗产，全民也有了这样的意识，而且我们也有这样的保护体系。可是为什么说它进入了一个瓶颈？我要说实话：一方面我们中国文联、中国民协发起了"中国民间文化遗产抢救工程"的项目。应该说我们中国的知识分子在做遗产保护这件事上，一点儿不晚于西方人。因为现在整个的人类都是由农耕文明向工业文明转化。在这个转化的时候，是一点一点的，先是从发现到认识，从认识的不自觉到自觉，这才有了一个遗产的概念。原来人类对遗产的概念都是个人的、私有的、物质性的财富。比如说我们的爷爷、奶奶、父亲、母亲留给我们的细软，留给我们传世的一件物品。它是个人的、私有的、物质性的财富，这叫遗产。但是到了 20 世纪中期，整个人类由农耕文明向工业文明大踏步转化的时候，忽然发现人还有一个大家公有的、共享的、精神性的财富，这个财富就是文化遗产。进入 20 世纪的后半期，联合国对"人类文化遗产"做了新的拓展，开始时都是物质性的，比如我们的长城、故宫、颐和园，西安还有几处都是物质文化遗产。20 世纪末 21 世纪初，联合国把非物质文化遗产的概念提出来，大概是在 2003 年左右。

我们中国知识界 2002 年就开始启动了非物质文化遗产抢救工作，也就是中国民间文化遗产抢救工程。虽然我们的现代化速度很快，虽然我们是从"文化大革命"进入了改革，我们是突然性地，不是线性地进入了一个宏大的改革开放的时代。虽然我们的 660 个城市在 20 世纪 80 年代中期开始了世所罕见的城市再造，城市再造是全世界都没有的。没有任何一个国家，把原来所有的城市都用推土机推平了，然后重新造一个城市，在人类史上都是没有过的。中国的唐山可能是一个再造的城市，因为它经历了那么大的地震。德国的杜塞尔多夫也是一个再造的城市，因为它在二战中被夷为平地。但是我们这次城市的再造，是自觉地、主动地把我们 660 个城市全部推平，把城市所有的历史记忆一铲而除，然后盖起一个个相互差不多的新城。我们是在这样的一个环境下、背景下提出了我们的文化遗产保护的主张。这次我们一提出来，就一定是具有时代性的，一开始一定是不被人们所理解、所认识的。因为这时候中国人太穷了，我们太渴望拥有物质了。我们这个时代要市场做主，而市场经济需要消费刺激，要依靠消费就一定要刺激人们的消费欲望，刺激人们的消费欲望一定刺激人们的物质拥有欲，刺激了物质拥有欲之后人们就会轻视具有精神价值的事物。在20世纪末的时候我们就感受到一点，就是我们跟自己的传统文化的疏离。我们在这样一个纷纭的竞争的状态里，找不着我们自己文化的立足点，这是在一个巨大的变革中文化失落的一个体现。文化的失落会带来精神的失落。所以在20世纪末21世纪初的时候，中国的知识界就有一种声音出来，就是要保护我们的文化遗产。

保护我们的文化遗产我想不仅仅就是保护大雁塔、天坛，不仅是要保护文化本身，更重要的还是要找到我们自己的精神、我们的传统、我们的基因，几千年来一贯而来的我们特有的一个精神。就在这样的一个背景下，我们的文化遗产保护工作做了十年，到了现在，感到问题愈来愈大，越做越艰苦。我也参加国家非物质文化遗产的评定，我是文化部的国家非物质文化遗产评定专家委员会的主任。2006年评了518项，今年又评了900多项，现在已经有1000多项被评定为国家非物质文化遗产。我们的文化很丰富很博大，但我还是忧虑重重，就是我们现在真正的力量是用在非物质文化遗产评定的前面，而不是评定的后面。这个文化遗产一旦被评定上，基本就放手了，这在各地非常普遍。我觉得这跟部分官员的不良政绩观有很大的关系。一个官员，如果在他任职期间能有一项被评上国家非物质文化遗产，就可以写到他的年终总结，写到他的政绩里，跟他的政绩相融合。可是当评定以后该保护了，这些保护的具体的事，一些烦琐的、日常的、要费力气的事，还要用钱，这些事是写不到政绩里的。我最近在《人民日报》写了一篇文章，我说咱们应该研究一下文化政绩怎么评定。

一个民族不能光有GDP，还应该有民族精神的DNA啊！

实际上文化遗产，在评定之后才是保护工作的开始。你已经被评定为中华民族的文化遗产了，你就应该倍加珍惜，应该开始保护了吧，怎么能评完就扔在一边，我觉得这是一个非常迫切的问题。怎么解决？无论如何我们得想办法，得通过国家和社会各界的力量。

再有，这些还不能没人管，得有人管。谁管？开发商管。比如说，一个村落被定为名村了，开发商认为可以开发了，可以用来做旅游了。开发商怎么管？承包。一般被承包旅游的村落都是村前面安一个门，村后面安一个门，村口售票，村里面找几个比较像样的建筑稍微修一下，然后再找一些当地的文人编一点儿伪民间故事。然后在旁边像模像样地放几个垃圾桶，垃圾桶大部分都是一个熊猫抱着一根大毛竹张着嘴，等人把垃圾扔它嘴里，这样就开发了。商业开发一定按照商业的规律，商业一定要在你原有的文化里面来挑选卖点。能够作为卖点的要用，不能作为卖点的就抛掷一边。这样一来，原有的文化一定会被解构。所以我说民间文学会最先消失。因为民间文学不能成为商品，不能成为卖点。但是民间的歌舞，民俗节日的表演，民间的美术、刺绣、剪纸、年画、布老虎，这些东西容易成为一种商品。所以各个古村落里最热闹的都是这一部分。还有些干脆把村里的村民都请走了，然后房子都租给全国各地来的小商贩开店，那就更复杂了。这种古村落还有文化记忆和内涵吗？

旅游属于文化产业。"文化产业"是一个新词儿，它跟三聚氰胺一样，都是新词儿，过去没听说过。但是我们要想，文化产业是什么？它到底是文化的呢，还是经济的呢？它的目的到底是文化的呢，还是经济的呢？它是属于文化的，还是属于经济的？它是为了文化发展呢，还是为了经济发展呢？我觉得这些问题必须思辨清楚。这使我们想起一个老词儿、一个口号，就是"文化搭台，经济唱戏"。这是在20世纪80年代末90年代初出现的一个非常流行又非常无知的口号，不像我们在文明古国文化大国里该叫红了的、一个非常粗鄙化的口号。自古以来都是经济搭台、文化唱戏。可是到了我们这时代，文化只剩下搭台的功能了。文化是什么呀？文化是一个民族的精神和精神生活，是一个国家、一个民族的凝聚力。文化带给人最深层的东西我想是视野、境界、气质。仅仅把文化当作一个软实力是不够的，它包含一个民族的灵魂。如果我们仅仅把文化产业看作是一个产业，它最终的目的仅仅是为了提高这个地方的GDP，或者是作为这个地方的经济支柱的话，那么它给文化带来的可能是负面的影响。在票房极高的影视剧里，乾隆、纪晓岚都上房了，最近听说孔子也要上房了。不能上房的都上房，这就是产业化追求的目标。好像文化的严肃性、纯洁性、尊贵性不是最重要的。如果一个民族的文化不尊贵了，我们有钱又有什么用啊！使一个人有钱是容易的，使一个人有气质和文化是困难的。使一个地域有钱不是太难的，使一个地域有良好的民风是困难的。所以我们要强调文化产业里面的精神性、文化性。如果我们不说这个话谁说？我们不说的话就会放任自流，他们就会胡来。文化产业就是文化变为产业可操作的资源，简单地说是能够卖钱而已。不能为了卖钱就改变我们的文化。大连提出要让城市绿起来、高起来、亮起来。绿起来当然很好。在美国很多人认为高起来是一个麻烦，使人与大地离得愈来愈远，这是已经被提出质疑的一个问题。最荒唐的就是亮起来。我跑过那么多国家，没有把亮起来当作一个城市现代化的标志。在西方一个城市晚上最亮的恐怕就是红灯区了。这种混乱的思维造成了我们城市文化找不着自己的特点。这和我们重经济轻文化有关。经济上你会三十年河东三十年河西，文化这张王牌是永远不会改变的。

六年前我和建中刚见面的时候，他说要做大唐西市，我听了特别振奋。我就问他要怎么做，他就把他的一些构想跟我说了。我当时认为他找到了西安文化的一个非常重要的点，就是丝绸之路。丝绸之路的起点是放在西安好还是放在洛阳好？不管学术界怎么争论，我认为西安还是最重要的起点。但是比起点更重要的，是从丝绸之路带来的世界各国的物质与精神，最后都是到了西安，西市是一个重要落脚点，也是中国历史上最大的"超市"，世界性的"超市"。不可想象，这个"大超市"里面摆上世界各国的商品和物品，世界各国的人来，是国际性的。另外还有一点是过去不被人注意到的，就是丝绸之路是一条人类的商贸之路，大唐西市是一个商业性的文化的遗迹。建中做了几年努力，今年"两会"的时候他把他的材料给我看了看，看了之后我还给他写了一篇文章，我非常赞成他这么做。我为什么赞成他这样做？因为几点跟我的想法基本都是一致的。

第一，他先寻找资料。重建和复建的基础是最大限度地掌握文献资料。他请了大量的专家来帮着做，我觉得很重要。我觉得这是对文明的一种态度。历史不管创造了多灿烂的文明，关键是你现在是不是用一种尊重的文明观来看这个文明。你要尊重这个文明，尊重它你就跟它相连，不尊重它你就跟它中断。所以这点我很钦佩建中，他在这个时候能够把知识界的人和专家学者请来，帮他分析和论证大唐西市。我认为大唐西市是西安一个重要的文化遗迹，但是它消失了，必须要重新论证。论证清楚，才能认知它在历史上的重要性，恢复它的必要性，才能找到深层的东西来。

第二，就是考古。考古他做得很好，仔细地发掘，这正是在发掘的基础上做了一个博物馆。我今天看了看他的整体想法和计划。我觉得他把一个博物馆作为中心的想法最有意思，这不是一个一般性的恢复重建。如果一个一千多年前的场所，我们在没有任何直观的东西可以作为参照的情况下，完全凭想象只是为了旅游盖了一些仿唐的建筑就说那是大唐西市的话，不仅对历史不负责任，而且也没有任何的吸引力。

把一个庋藏极富的博物馆作为中心和重心，就使这个历史空间变得真实可信，可以感知。

他找的另外一个立足点，就是当时的中国人开放、博大、包容的精神，跟今天我们的西部人开放的、包容的情怀联系在一起。反过来说，他把它做成一个带有中国文化符号的、现代的文化超市，放进去大量的历史实物。这些实物来自这块土地，是历史大鸟飞走后留下的缤纷灿烂的小羽毛，现在被精致地放在博物馆里，这便使原本空无一物的大唐西市血肉丰盈起来了。这个博物馆把整个大唐西市的文化骨架撑了起来，它体现了他作为一个企业人对于文化的责任感。他注重文化的精神性，不是拿着历史文化赚钱发财。如果这是文化产业，我当然举双手赞成。对于当今一哄而起的文化产业，它具有楷模性，应该认真研究它、认识它、推荐它。

　　现在文化保护有一个问题，就是现在的文化保护在某种程度上，还是政府保护、专家保护，还不是全民保护。比如说我们的三个节日，清明、端午、中秋（设为法定假日），还有春节的假日前调一天，也都是专家呼吁的结果。有的假日放假了，老百姓却不知怎么过。但是只有把政府保护、专家保护转变为全民保护，传统节日才能延续下来。因为每一种非物质性的传统艺术的继承，离不开的最重要的就是传人。一个民族的节日的传人是全体人民。如果我们不过节，那么这个节日就没有了。所以我认为节日最重要的就是全民过节。全民过节就是我们每个人对我们自己的文化都有一份情怀。我们都要关心我们城市的文化，都关注我们的非遗。那么现在企业界有这样的令人赞赏的做法，就希望我们文化界多关心、关注大唐西市的建设。举一个例子，清明节我们在绵山做一个论坛的时候，去了很多专家学者。绵山这个地方是晋中的一个非常重要的佛教圣地，保留了15尊全身舍利，最早的两尊是唐代的，还有几尊是宋代的，雕塑水平非常高！当时我觉得这事我有责任。当地政府根本不知道满山遍野都有这些珍贵的遗存，就把它整个给了开发商。虽然这个开发商对文化有情怀，喜欢文化，盖了一个很大的殿，把这些佛全请进去，齐聚一堂，给保护起来了，但是保护方法不是很好。所以我觉得先要帮助他梳理这个遗产，最近我用了不少时间，请了摄影师帮他把所有塑像拍了一遍，我也多次上山，帮他编一部这个地方雕塑的档案，叫他知道他的东西有多宝贵，叫他以此为荣。编了档案他就知道这个东西都是在案的，不能破坏，这样就促进了保护。我们尽我们的所能做我们能做的事情。

　　还有，希望一定要把这个"大唐西市博物馆"当作专业的博物馆来做。希望：第一，博物馆的每一件东西都要非常科学地鉴定，各种信息要非常准确，不能有任何疏漏；第二，分类要特别清晰，讲究专业，还要有相应的研究；第三，陈列要有创意，策展要体现研究水平，展示要注意与观众互动。我希望这个博物馆做好、做精，做出文化的精粹性，还有大唐文明的高度来。我不主张把文化做大做强，主张做精做细。这样才是对我们祖先留下的东西负责的态度。我觉得，我们每一代人都有一个神圣的职责，就像奥运会的火炬一样，把先一代人他们点燃的火炬接过来，在我们手里要保存好，不能让它熄灭了，甚至还要让它熊熊燃烧，然后我们交给后人。这就是文明的传承。这是我们每一代人神圣的责任，是我们不能推卸的责任。

2008 年 10 月 29 日于西安

在节日中享受我们的节日文化

——在我们的节日·第三届中国传统节日（清明·寒食）文化论坛上的讲话

为了建设我们的清明寒食文化，我们选择了绵山，因为绵山是清明寒食节的原点，也是清明寒食文化的源头。在绵山，清明寒食节的时间、地点、人物都是确切的，非常清晰，这在我国节日中是少有的。所以我们今天在这里搭建这样一个文化研究平台，请来自全国各地和周边各国的文化学者、专家，相互交流，共同探讨。其中有几个自觉值得我们特别关注。

第一是国家的自觉。清明节和端午节、中秋节一道在2007年12月由国务院公布为法定假日，国家能够拿出三天放假不是小事。节日是我们生活的高潮，它极致地表现了人们对于生活的情感、愿望、理想，以及价值观。节日作为中华传统文化的体现是非常重要的，国家要给人民过好这个节日，就需要创造一个平台，一个时间的平台。如果没有这个时间，就没法过节日，就谈不上节日文化自觉。文化是什么？今年"两会"上温家宝总理的讲话非常好，他在政府工作报告中第一次对文化下了定义：文化是一个民族的精神和灵魂，是一个民族真正有力量的决定性因素，可以深刻影响一个国家发展的进程，改变一个民族的命运。总理还讲，没有先进文化的发展，没有全民文明素质的提高，就不可能真正实现现代化。这就说明，文化是作为一个民族的灵魂而存在的。文化可以产生经济效益，但是文化绝不是为了创造经济效益而存在的，它的存在意义在于精神价值。政府正是看到了文化在国家发展进程中对提升全民素质和社会文明的重要性，所以才在这几个节日放假，我觉得这体现了一个国家的自觉，这种自觉对于文化建设至关重要。中华民族不能光在物质上富有了，我们还应有很高的文化、很高的气质、很高的精神境界，这些东西相当一部分保存在我们的节日里面。也可以说我们所说的"核心的价值体系"的一部分保存在我们的节日里。我想，这是国家在传统节日放假的主要根由。

　　第二是地方政府的自觉。文化传承任重道远，不是我们搞几次活动就可以解决我们的传承问题的，地方政府义不容辞。在这方面，我和张平副省长、秦太明书记有共鸣。山西是一个文化富省，可挖掘的资源很多，谁来挖掘、怎么挖掘？我觉得，更重要的还是人民要自己知道自己的文化宝贵在什么地方，但在现阶段离不开地方政府的引导。应该说，各地政府这种自觉已经有了。

　　第三个自觉来自下面的社会各界。比如企业做文化要有理念、有担当，不能纯粹拿文化卖钱。绵山风景区用文化推动旅游，从最早的荒山发展成现在的规模，同时很多历史遗存也得到了有效保护。这与一个地方企业的文化自觉有很大关系。

　　第四就是老百姓的自觉。节日不能只是政府过、专家过，还应该人民过，而且就应该人民过。这两年有一个非常好的理念叫"我们的节日"。节日文化和别的文化遗产不一样，后者的传承靠的可能是一个村落、几个艺人，而节日的传承人是广大人民。每个人都是节日文化的携带者，也是传承者。只有人民过上了节日，我们的节日文化才能代代相传。

但是现在有很多节日已经跟我们渐行渐远了，有两个原因：一是因为社会的转型，我们迅速由农耕文明转向现代文明；二是我们曾经人为地削弱了自己的文化，出现了文化断层。现在来看这个断层是很可怕的。一代人的中断是疏离，两代人的中断会产生隔膜，三代人的中断就难以弥补了。我们常讲，物质文化遗产怕毁坏，非物质文化遗产怕中断，所以说形势非常紧迫，那么我们怎么来抓紧时间传承文化？

我们讲传承，首先要知道传承什么东西。我认为节日文化建设最重要的就是传承节日的精神。中华民族五千年生生不息，靠的是什么？靠的就是这些全民共同认可的精神力量，这是节日最重要的、最需要传承的因素。所有的节日都有它的精神。清明节有两个主题，一是认祖归宗、怀念亲人，另一个重要主题就是对大自然的亲和，所以就有了扫墓、祭祀、蹴鞠、踏青、插柳一系列的风俗。我们下一代人、下两代人不一定像我们现在这样过清明，他们会有所发展，但他们不能丢下清明真正的含义，即它的文化精神。实际上，中国所有的节日都包含两个方面：一是对人际与生活的期望，二是对人与自然关系的理想。这两个关系都期望和追求和谐。清明是很美的，踏青、寻根，这是多美的词，人们像寻找恋人一样寻找春天。所以我说，我们的节日最重要的就是精神、情感，是我们共同的心灵生活。清明，体现了这个季节老百姓对祖先、对大自然的情感，人们需要在节日里享受生活、享受自然、感悟心灵。我们的职责就是要挖掘节日文化，弘扬节日文化，这需要政府、专家和企业的共同努力，让人们在节日中享受我们的节日文化。

可以说，只有人们享受着我们的节日文化，节日就传承了。

节日是我们的集体记忆。如果我们的孩子在一个缺少节日记忆的环境下成长起来，对节日符号一无所知，这只能怨我们没有尽到自己的责任。所以我建议，我们的节日文化要进入小学课本，但同时我反对节日文化教育应试，不能再给孩子们增加负担和压力了。美好的东西，应该像在博物馆欣赏藏品一样，重要的是让他们享受，在观赏、娱乐的同时理解，自然而然地流入他们的血液，形成文化记忆。没有这个记忆，就没有这样的节日情怀，节日建设是不可能的。节日跟一般的假日不一样，礼拜六、礼拜天可以踢球、游泳、睡觉都没关系，但是节日有特定的文化内涵，政府、社会、旅游部门要给公众特别是我们的下一代搭建这样一个平台，创造这样一个文化环境，让他们有文化记忆，我觉得这是一个非常重要的问题。节日文化重建最重要的就是对下一代负责。

传统节日放假到现在不过三年时间，还处于政府、专家和社会各界通过呼吁、旅游、报道等各种方式进行宣传和引导的阶段。但是我们永远不要忘了，最重要的一点是传承，是唤起每个人对节日的情怀和情感，去享受我们的文化，为我们的后一代留下美好的文化记忆，这样我们的中华文明才能传承下去。

2010 年 4 月 4 日于山西绵山